插圖本中國詩詞經典

插圖本中國詩詞經典

楚辭選

楊義　邵寧寧
選注　譯評

三聯書店（香港）有限公司

責任編輯　崔　衡
裝幀設計　劉桂洪

書　　名　插圖本中國詩詞經典 · 楚辭選
選注 · 譯評　楊義　郡寧寧
出版發行　三聯書店（香港）有限公司
香港荃灣德士古道220-248號16字樓
JOINT PUBLISHING (H.K.) CO., LTD.
16/F., 220-248 Texaco Road, Tsuen Wan, Hong Kong
印　　刷　深圳中華商務安全印務股份有限公司
深圳市龍崗區平湖鎮萬福工業區
版　　次　2004年4月香港第一版第一次印刷
規　　格　特16開（150×210mm）236面
國際書號　ISBN 962 · 04 · 2345 · 3

Published in Hong Kong

前言

《楚辭》是中國文學史上繼《詩經》之後又一部影響深遠的巨著。詩、騷並舉，成為中華文明史上形態各異，相輔相成的“詩學原始”。梁啟超説：“吾以為凡為中國人者，須獲有欣賞楚辭之能力，乃為不虛生此國。”就是要從源頭上瞭解中國人的審美精神形式。那麼，是什麼使《楚辭》獲得了這樣重要的文化地位呢？

《楚辭》屬於長江文明，與屬於黃河文明的《詩經》，分別代表着各領風騷的智慧形態。當《詩經》作者基本上是民間的無名氏或士人群體，並且以樸實的、被認為是溫柔敦厚的理性，提供禮樂文明的審美載體的時候，楚辭卻以傑出的詩人個性，吸收了奇麗的神話思維，展示了另類的詩學天地。《楚辭》的主要作者屈原，生活於戰國中期的楚國。他名平，字原，出身楚國貴族，曾在楚懷王時擔任過三閭大夫、左徒等重要官職。司馬遷在《史記·屈原列傳》裡説他“博聞強志，明於治亂，嫻於辭令。入則與王圖議國事，以出號令。出則接遇賓客，應對諸侯。王甚任之。”他從事政治活動的那些歲月，正是楚國歷史面臨轉折的重要時期。春秋戰國以來的諸侯戰爭進行到這個時候，各國強弱已分，統一的趨勢漸漸明朗。所謂“七雄”，真正有實力的也主要是秦、楚、齊三國。秦自商鞅變法以來，國力強盛，士氣高漲，軍事上節節勝利，已形成咄咄逼人之勢。感覺到壓力的其他六國，開始試圖通過聯合來抵抗秦軍的進逼。外交上的合縱連橫，成為當時各國戰略選擇的重要內容。屈原所在的楚國，地當江漢湖湘，幅員廣闊，物產富庶，是當時實力最強的國家之一。但楚國在政治上相對保守，舊貴族勢力在社會生活中佔據着支配地位，其文化也較多地保留了南方原始宗教的色彩。這一切，使它在與秦國的較量競爭中，處於一種不利的局面。面對這一形勢，楚國國內一度也曾出現過謀求改革的政治思潮，屈原就是這一思潮的代表。根據有限的歷史資料和他的作品，我們知道，他曾受楚懷王之命起草過“憲令”，在外交關係上，主張聯齊抗秦，並曾出使過齊國，但他的這些主張並不能都得到實行。雖然楚懷王一度曾經比較信任他，但後來還是聽信讒言，疏遠了他，並將他放逐到遠離郢都的漢北。其後一段時間，他雖然回到了郢都，但仍然不得信用。楚懷王死後，他的處境變得更為不妙。繼位的頃襄王並不喜歡他，而他政治上的對手子蘭卻做了令尹，並指使他的另一對手上官大夫進讒言於頃襄王，使他又一次被流放江南，最終，在流放中聽到郢都淪陷的消息，遂投汨羅江自殺。他死後沒有多少年，楚國也終於被秦國所滅。

屈原的悲劇，其實也就是楚國的悲劇，他的大多數作品，都可以看作是對於這一段悲劇歷史的深刻展示和沉痛反思。屈原的具體政治主張是什麼，我們已無法確知所有的細節，從作品裡看，其興趣似乎主要集中在明法度和舉賢才問題上。堯舜禹湯文武這些儒家理想人物，以及春秋時代的齊桓晉文等，常常成為他稱述的物件，而最使他感覺苦惱不已的，就是君臣間的不遇，在他看來，這是他個人不幸的根源，也是楚國政治失敗的根源。現在看來，他這種思想其實也是不乏某種歷史理性主義色彩的。專制時代的政治，其基礎就在用人，用什麼樣的人，採取什麼樣的政治策略，和一國的興亡之間確實存在着至為緊密的關係。屈原的一生，經歷了許多幻滅。首先是君臣關係上的幻滅。在他作品的許多地方，我們都可以清楚地看到他對楚王曾經寄予的希望，和這種希望的破滅。其次，是對另一些他曾寄予希望的人，包括他所培植的人的幻滅。最後，是因楚都淪陷，流放不歸而生的重振朝綱希望的幻滅。這許許多多的幻滅，使他作品中的大部分，都帶上了強烈的怨憤色彩。“傷靈脩之數化”、“哀眾芳之蕪穢”、“恐皇輿之敗績”，這樣一些涉及國家民族命運的感傷，形成了他作品中始終揮之不去的悲愴旋律。但他卻並非一個悲觀主義者，雖然對“黨人”的“偷樂”，世俗的“競進”，有着清醒的認識和滿腔的憤恨，他還是抱着“雖九死其猶未悔”的決心，在

人生的漫漫長路上上下求索。他是一個愛國主義者，同時也是一個人格完美主義者，這兩者在他，是自覺地結合在一起的，而這也就是將楚國的命運和自己個人的命運繫結在了一起。他的一切思想做為，都和對楚民族及其文化歷史的熱愛分不開。他生當末世，目睹了楚國朝廷中的種種腐敗和不可為，預感到國家危難的來臨而又回天乏力，最後，只能以人格的堅守和以死殉國，來表達他一腔的熱忱和忠貞，這樣一種悲劇性的命運，不能不感人至深。屈子沉江，已成了一種符號，一種價值典型，他從個體的死亡中，昇華出神聖感，昇華出新的生命價值認知。

屈原對楚國的熱愛，是和他對楚文化的深深瞭解聯繫在一起的。源遠流長，深厚博大的楚文化，在他的筆下綻放出了一朵朵藝術奇葩。在屈原的現存作品中，《離騷》是一首偉大的抒情詩，它相當集中地展示了屈原的人格境界和思想追求，而在其表現方式上，也開闢了中國詩歌的最為宏大的境界。它那強烈的生命存在意識，人生有為意識，人格堅守意識，以及那一種以香草美人為標記的象徵式表現，神遊高馳的神話思維方式，都使它成為民族必讀的心靈史詩式的典籍，對中國文化產生了深遠的影響。《九歌》是他從民間祭歌的基礎上創造出的一種詩歌樣式，經他的藝術加工和思想點化，原本帶有原始宗教色彩和表演性特徵的樂歌，變得更為絢麗動人，在一個個迷離恍惚的神與神的愛戀，神與人的溝通交流故事中，作者完成了對一個民族的精神家園的描繪和重建。《天問》是一首走出神話和反思歷史的千古奇詩，它以由人問天的方式，一連提出一百五十八問，以理性解構神話和重評歷史，又以詩性智慧重組時空形式，展現了人類詩史上理性和詩性交融組合的奇觀。《九章》各篇，分別寫作於屈原人生的各個重要關頭，記錄了他的生命痕迹和心靈痕迹，以其鮮明的個人性、即時性和多樣性，為我們認識詩人的心靈世界，開放了一個個蘊含豐富的藝術空間。《招魂》是為客死他鄉的楚懷王招魂的，它脫胎於巫術儀式而又掙脫了儀式詩的羈絆，展示了更為個性化的世界體驗，其間關於東南西北四方荒遠之地的想像，對楚國宮廷生活富於世俗情味的表現，都放射着罕見的藝術光芒。這些作品，對中國文學神

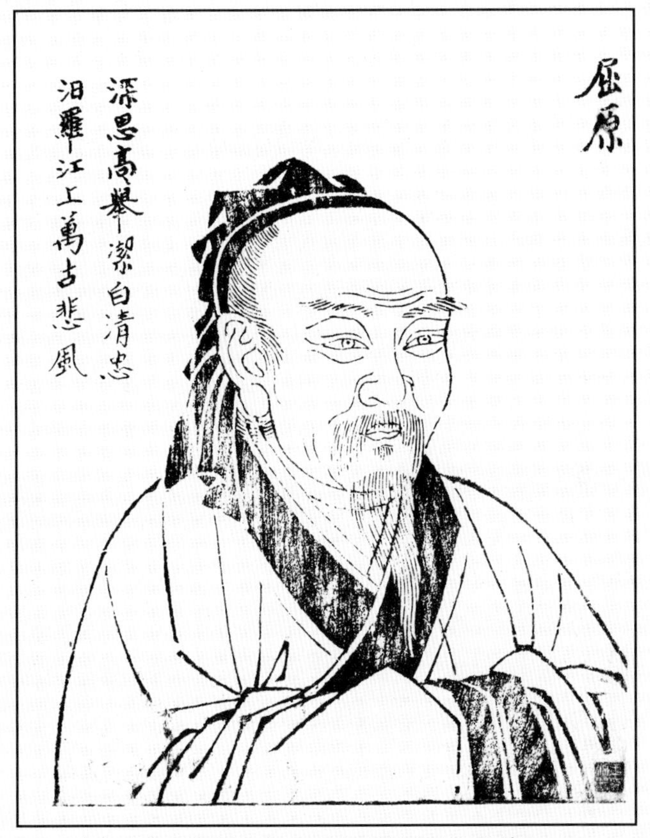

錄自明代弘治戊午（1498年）刻歷代名人像贊本

奇、浪漫的一面，都施予了不可磨滅的影響。《卜居》、《漁父》，與其他各篇均有不同，它們篇幅短小，採用了散文或接近散文的文體，在表現上則採用主客問答的形式，標誌着楚辭文體向漢代辭賦的一種轉變。李白說“屈平辭賦懸日月，楚王台榭空山丘”，正是有了屈原和他這些偉大的作品，楚文化才更顯出了它的無比魅力，並為中華文明的發展做出了綿綿不絕的貢獻。

屈原之後，最著名的楚辭作者是宋玉。相傳他曾是屈原的學生，這種說法雖不確切，但也表現出了他對屈原的文化繼承關係。宋玉出身較寒微，所

做的官也不大，雖說被稱為大夫，其實只是楚王的文學侍從之臣。他的身份地位和他所處的時代，都決定了他的作品不可能簡單重複屈原作品的境界。同樣有對楚國政治之失的批判，但較之屈原的熱忱急切，他的作品更多了一種蒼涼的韻致。此外，貧士失職的怨悱和託辭諷喻的委婉，也使他的作品更接近於後來的漢賦。他的主要作品有《九辯》，此外，收入《昭明文選》的幾篇散體辭賦，即《風賦》、《登徒子好色賦》、《對楚王問》、《高唐賦》和《神女賦》，也是他的創作。這些作品從不同的方面，都給予後世文學以巨大的影響，其中《九辯》一篇關於秋天的描寫，及其"悲秋"的母題，影響尤為深遠。杜甫說："搖落深知宋玉悲，風流儒雅是吾師"，中國文學史一向以屈宋並稱，雖然宋玉的成就不能與屈原比肩，但僅就杜甫這兩句詩，我們也可窺見他的影響之一斑。

和宋玉同時代的楚辭作者，還有景差、唐勒，但他們都沒有完整可靠的作品流傳下來。漢代初年，淮南王劉安雅好辭賦，他的門客中也有人寫作楚辭，其中最著名的，是署名淮南小山的一篇《招隱士》。此外，漢代的楚辭作者，還有賈誼、東方朔、莊忌、王褒、劉向、王逸等，他們的作品除個別篇目外，思想藝術成就和影響都無法與屈宋相比。

本書選取的楚辭作品，以屈原為主，除選取他的主要作品外，還選了宋玉的《九辯》和淮南小山的《招隱士》，讀完這些作品，讀者當可對楚辭有一個初步的瞭解。

目錄

【離騷】

離騷

屈原

《離騷》是屈原的代表作，也是我國古代最著名的一首抒情長詩。關於"離騷"一詞的含義，自漢代以來就存在着不同的說法，司馬遷在《史記 · 屈原列傳》裡說："離騷者，猶離憂也。"班固《離騷贊序》說"離，猶遭也；騷，憂也。明已遭憂作辭也。"王逸《離騷經章句序》說"離，別也；騷，愁也。"近人游國恩認為，"離騷"是一個連綿詞，是楚國古曲《勞商》的聲轉，同時又有牢騷不平的語義（《楚辭概論》）。錢鍾書則認為"離騷"是"欲擺脱憂愁而遁避之"之意（《管錐編》第二冊）。這就是說，"離騷"是一個具有複雜語義的詞語。從《離騷》本文對"離"字的應用，可以看出，它確實具有"遭"與"別"兩種不同的語義，這就形成了"離騷"的雙義性悖論，而這種悖論，也就"造成了一種內在的騷動不安的審美活力，傾泄着詩人遭遇現實困境而想拋離憂愁，卻在拋離憂愁的求索中遭遇到更加痛苦的精神困境。"（詳見楊義《楚辭詩學 · 〈離騷〉的心靈史詩形態》）

據史書記載，屈原在楚懷王時代曾經做過左徒、三閭大夫等官職，一度頗得楚懷王重用，對改革楚國政治，促使楚人發憤圖強很有一些抱負。後來懷王聽信他人讒言，疏遠了他，《離騷》的創作，就是在他被疏之後。

帝高陽之苗裔兮[1]，朕皇考曰伯庸[2]。

攝提貞於孟陬兮[3]，惟庚寅吾以降[4]。

皇覽揆余初度兮[5]，肇錫余以嘉名[6]：

名余曰正則兮[7]，字余曰靈均[8]。

紛吾既有此內美兮[9]，又重之以脩能[10]。

扈江離與辟芷兮[11]，紉秋蘭以為佩[12]。

汩余若將不及兮[13]，恐年歲之不吾與[14]。

朝搴阰之木蘭兮[15]，夕攬洲之宿莽[16]。

日月忽其不淹兮[17]，春與秋其代序[18]。

惟草木之零落兮[19]，恐美人之遲暮[20]。

不撫壯而棄穢兮[21]，何不改乎此度[22]？

乘騏驥以馳騁兮[23]，來吾道夫先路[24]！

錄自清代門應兆《補繪離騷圖》

【注釋】

1. 高陽：傳說中的上古帝王顓頊的號。苗裔：後代子孫。
2. 朕：我，秦以前為通用的第一人稱代詞，秦始皇以後成為皇帝的專用詞語。皇考：對亡父的尊稱，這裡指顯赫的先祖。皇有光明顯赫的意思。伯庸：屈氏先祖的名字，據考證，為《世本》所載熊渠的長子庸，封句亶王，即楚宗室之長門。
3. 攝提：攝提格的簡稱。古人以歲星（木星）運行紀年，分週天為十二宮，各有名稱，歲星在攝提格的年份即寅年。貞：正當。孟陬（zōu）：夏曆正月。
4. 惟：語氣助詞。庚寅：庚寅日。降：出生。
5. 皇：皇考的省稱。覽：審視、觀察。揆(kúi)：推求、揣度。余：我。初度：初生時的情況。
6. 肇："兆"的假借字。錫：賜予。嘉名：好名字。嘉：美。
7. 正則：屈原自述的名。據史書記載，屈原名平，正則隱含有"平"的意思。這裡也可能是屈原自述命名之意。
8. 靈均：屈原自述的字。據史書記載，屈原字原，靈均隱含有"原"的意思。
9. 紛：眾多的樣子，用來修飾後面的"內美"，這是楚辭中常見的一種句式。內美：內在之美。
10. 重（chóng）之：加上。脩能：美好的體態。脩：脩潔，美好。能：通"態"。
11. 扈：披。江離、辟芷：都是香草名。
12. 紉：聯綴、編結。秋蘭：蘭草。一種秋天開花的菊科植物。佩：帶在身邊的裝飾物。
13. 汩（gǔ）：水流迅急的樣子，這裡指時光流逝迅急。不及：趕不上。
14. 不吾與：不與吾的倒文，這裡是時不我待的意思。與：待。
15. 朝：早晨。搴（qiān）：摘取。阰（bēi）：山坡。木蘭：一種晚春開花的落葉喬木，據說能去皮不死。
16. 夕：傍晚。攬：採取。洲：水中沙島。宿莽：一種經冬不枯的草。
17. 日月：時光。忽：匆促。淹：滯留、停留。
18. 代序：輪替，代謝。
19. 惟：思。
20. 遲暮：黃昏，喻衰老。

21. 不：何不。撫壯：趁着壯年。撫：憑藉。棄穢：拋棄不好的東西。穢：惡濁的人或事。
22. 此度：現在這樣的作法。度：法度，做法。
23. 騏驥：駿馬。
24. 來：來吧，招喚聲。道：導，引導。先路：前驅。

【串講】

這是《離騷》的第一節。屈原自述生平，表明心志。詩句大意如下：

古帝高陽氏的後代子孫啊，我那顯赫的先祖叫伯庸。歲星正當攝提格的那年孟春正月，庚寅日我出生到了人間。父親審察我初生時的情形，顯示神兆賜給我好名字，給我起名叫正則，給我表字叫靈均。我既有如此多的天賦美德，又加上講究儀容體態，身披着芬芳的江離與辟芷，又將秋蘭聯綴成串作佩飾。

時光如水一般流逝，我時常擔心趕不及，恐怕年歲不會等待我。早晨摘取山坡上的木蘭花，晚上採摘沙洲邊的宿莽。日月行進匆匆從不停留，春天與秋天不斷地輪替。想起草木的凋零啊，就擔心美人的年老。何不趁着壯年拋棄那些污濁的東西，何不改變現在的法度？跨上駿馬向前飛奔呀，來吧，讓我作一個先驅在前引導。

【點評】

開篇第一節，先從自己的出生寫起，這是一種回到"人之初"的精神原點的寫法。"帝高陽之苗裔"的說法，表現的不僅是血統的高貴，而且也顯示出一種民族文化認同。高陽，即顓頊，黃帝之孫，中華古史傳說中著名的五帝之一。說是高陽氏的後裔，即是自覺將自己生命的意義，和楚宗族，和中華文明的命運密不可分地繫結在一起，這是屈原的愛國主義和他守正不阿人格的重要基礎之一。接着寫到的出生日期和命名經過，則進一步從信仰的角度，強調了自己天賦的純正和家庭期待的統一。“正則”、“靈均”這兩個名字，既可以看作是對他名“平”字“原”來歷的說明，也可以看作是對一種家族期待和生命原則的闡釋，這是他一切生命活動的出發點，也就是詩中所說的“內美”的最初根源。再接下去寫到的“扈江離與辟芷兮，紉秋蘭以為佩”，以及後面反復出現的同類描寫，則是對所謂“脩能”的強調。在申明了這一切之後，屈原所表達的最強烈的生命體驗，是一種時光流逝永不停留的匆促感，“日月忽其不淹兮，春與秋其代序，惟草木之零落兮，恐美人之遲暮”，正是這樣一種強烈的時間意識，決定了屈原的生命始終處於一種無法遏止的焦慮之中。“汩余若將不及兮，恐年歲之不吾與”，在這短暫的生命時光中，人應該有所作為，而這作為在他，就是“撫壯而棄穢”，改變楚國朝廷中所有那些遷延無為，腐敗荒廢的一切。“乘騏驥以馳騁兮，來吾道夫先路”，既可以看作是對楚王的勸導，也可以看作是作者對自己的鞭策和鼓勵。

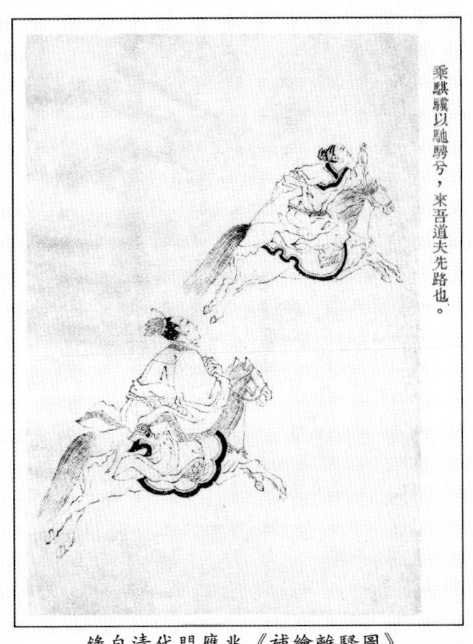

錄自清代門應兆《補繪離騷圖》

昔三后之純粹兮[1]，固眾芳之所在[2]。

雜申椒與菌桂兮[3]，豈維紉夫蕙茝[4]！

彼堯、舜之耿介兮[5]，既遵道而得路[6]。

何桀紂之昌披兮[7]，夫唯捷徑以窘步[8]。

惟黨人之偷樂兮[9]，路幽昧以險隘[10]。

豈余身之僤殃兮[11]，恐皇輿之敗績[12]！

忽奔走以先後兮[13]，及前王之踵武[14]。

荃不揆余之中情兮[15]，反信讒而齌怒[16]。

余固知謇謇之為患兮[17]，忍而不能舍也[18]。

指九天以為正兮[19]，夫唯靈脩之故也[20]。

初既與余成言兮[21]，後悔遁而有他[22]。

余既不難夫離別兮[23]，傷靈脩之數化[24]。

【注釋】

1. 三后：指對楚國的創立和發展作出重大貢獻的三位先君熊繹、若敖、蚡冒。純粹：道德高尚，純正無瑕。
2. 眾芳：喻群賢。
3. 雜：聚合。申椒、菌桂：均為香木，申椒即花椒，菌桂即肉桂。
4. 豈維：豈只。紉：連結。蕙、茝：均為香草。茝：同“芷”，香草。

5. 堯、舜：傳説中的古代聖君。耿介：光明正直。
6. 遵道而得路：遵循正道找到了正確的道路。
7. 何：多麼，修飾"昌披"。桀紂：夏商二代的末世君主，是歷史有名的暴君。昌披（chāngpī）：衣不束帶的樣子，引申為放縱不檢。
8. 夫唯：只因。捷徑：為求近、求快而走的斜僻小道。窘步：難行。窘：困難。
9. 惟：思。黨人：結黨營私者。偷樂：苟安享樂。
10. 幽昧：昏暗。險隘：危險狹窄。
11. 僤：害怕。殃：災禍。
12. 皇輿：國君所乘之車，這裡借指國家。皇：大。敗績：車輛顛覆，翻車。
13. 忽：匆忙的樣子。先後：跑前跑後。
14. 及：追趕，趕上。前王：前代君王，即前面説到的"三后"、堯、舜。踵武：足迹。踵（zhǒng）：腳跟。武：腳迹。
15. 荃（quán）：一種香草，又名蓀，即石昌蒲，這裡用來比喻楚王。揆：推求、審度。中情：內情，內心要求。
16. 反：反而。讒：讒言。齎（jì）怒：暴怒。
17. 謇謇：反復申説逆耳忠言的樣子。為患：造成禍害。
18. 舍：止，停。
19. 九天：古人認為天有九重，九天指最高之天，在這裡也就是蒼天的意思。正：同"證"，作證。
20. 靈脩：指楚王。
21. 初：當初。成言：約定。
22. 悔：翻悔。遁：退縮，改變。他：另外的想法或做法。
23. 難：作難、為難。
24. 傷：傷感、歎惜。數：一再，屢屢。化：變化。

【串講】

第二節從追述前王踵武，總結歷史教訓，到批判現實醜惡，傾訴政治生活苦悶，貫穿其間的主要是有關立身用人和道路選擇問題上的焦慮。詩句大意如下：

從前三王的德行多麼純正啊，那裡本該就是眾芳的所在。到處都散發着申椒和菌桂的香氣啊，豈止是聯綴起蕙草和白芷！那唐堯虞舜多麼正直啊，他們遵循大道，就找到了正確的道路。夏桀商紂又是多麼狂妄啊，一味尋求捷徑卻陷入了困境。

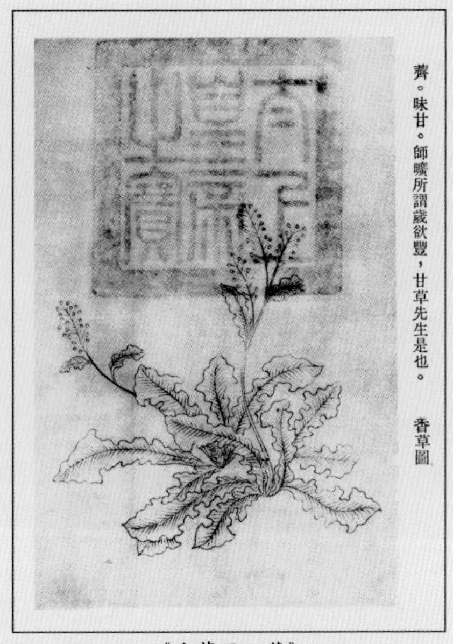

《香草圖 · 薺》
錄自清代門應兆《補繪離騷圖》

一想到那些結黨營私者的苟且偷樂啊，就覺得道路昏暗而險窄。哪裡是我自己害怕災禍啊，擔心的是君王車子的傾覆。急急忙忙前後奔走，追蹤前代君王走過的腳迹。君王您不體諒我的一片苦心啊，反而聽信讒言大發脾氣。

我本來知道反復申說逆耳忠言的危險啊，還是忍也忍不住。指着高高的天空為我作證，這一切只是為了神聖的君王之故。開頭已經與我有了約定，後來又後悔逃避有了別的想法。我已是不怕離別遠去，傷感的只是君王的一再變化。

【點評】

承接上節末尾的“來吾道夫先路”，第二節圍繞道路選擇問題，正面展開了作者在政治生活中面臨的矛盾和鬥爭。“路”的象徵意味充分顯現，而對它的選擇直接關涉到不同的道德人格。“三后”與“桀紂”所代表的歷史經驗，在這裡化成了一種無法調和的現實對立，申椒、菌桂、蕙茝這類香花香草，也直接化成了一種人格形象。特別值得注意的是這裡提到的“黨人”形象，雖然不詳具體所指，但這顯然是屈原在政治上的最主要對立面，對於他們的作為，屈原只用了一個詞"偷樂"，但僅此也就可以想見當時楚國朝廷裡的那種腐敗風氣了。"黨人"的路，就是"桀紂"的路；屈原要走的路，是"三后"的路。為了避免"皇輿之敗績"，走上"前王"走過的正確道路，他前後奔走，不憚勞累，結果卻是楚王的"信讒而齌怒"。從這裡我們還可以知道，楚王曾經與屈原有過某種政治上的計劃，但終因聽信讒言而改變了原定的做法，這就使一個強烈地意識到歷史危機的詩人，不能不既感傷，又焦慮、委屈。而這些還是次要的，最使他感覺揪心的，還是那種對於危敗的預感和恐懼。這就讓我們深刻感覺到在歷史轉折時期，一個先知者的悲劇。

錄自清代門應兆《補繪離騷圖》

余既滋蘭之九畹兮[1]，又樹蕙之百畝[2]。
畦留夷與揭車兮[3]，雜杜衡與芳芷[4]。
冀枝葉之峻茂兮[5]，願俟時乎吾將刈[6]。
雖萎絕其亦何傷兮[7]，哀眾芳之蕪穢[8]。

眾皆競進以貪婪兮[9]，憑不厭乎求索[10]。
羌內恕己以量人兮[11]，各興心而嫉妒[12]。
忽馳騖以追逐兮[13]，非余心之所急[14]。
老冉冉其將至兮[15]，恐脩名之不立[16]。
朝飲木蘭之墜露兮[17]，夕餐秋菊之落英[18]。
苟余情其信姱以練要兮[19]，長顑頷亦何傷[20]。

擥木根以結茝兮[21]，貫薜荔之落蕊[22]。
矯菌桂以紉蕙兮[23]，索胡繩之纚纚[24]。
謇吾法夫前脩兮[25]，非世俗之所服[26]。
雖不周於今之人兮[27]，願依彭咸之遺則[28]。

【注釋】

1. 滋：繁育、種植。畹（wǎn）：面積單位，大小有不同說法，或說十二畝，或說三十畝，但這裡說到的"九畹"並非實指，而是泛言其多。

2. 樹：栽種。

3. 畦：土地單位，大小不等，由地壟分割而成，這裡作動詞，是成畦地栽培的意思。留夷、揭車：均是香草名。

4. 雜：穿插栽種。杜衡、芳芷：均是香草名。

5. 冀：希望。峻茂：高大繁茂。

6. 俟：等待。刈(yì)：收割。

7. 萎絕：枯萎消失。

8. 哀：傷痛。眾芳：指上述香草。蕪穢：荒蕪叢雜變質。

9. 眾：庸眾，世俗之人。競進：爭競追逐。

10. 憑：滿。厭：滿足。求索：索取。指對利祿的貪求。

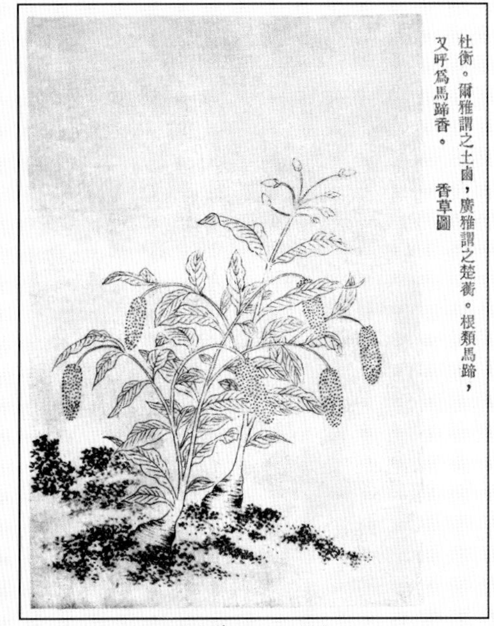

《香草圖·杜衡》
錄自清代門應兆《補繪離騷圖》

11. 羌：發語詞。內恕己以量人：根據自己的想法去推斷別人，即以小人之心，度君子之腹的意思。恕：推己度人。

12. 興心：起心。

13. 忽：急匆匆的樣子。馳騖：狂奔亂跑。

14. 所急：所急於做的事，所想做的事。

15. 冉冉：時光漸漸流動的樣子。

16. 脩名：美名。

17. 木蘭之墜露：木蘭花上落下的露水，形容香潔。

18. 落英：落花。一說剛開的花。

19. 苟：如果。信：確實。姱（kuā）：美。練要：精練切要。

20. 顑頷（kǎn hǎn）：面黃肌瘦的樣子。傷：妨害。
21. 擥（lǎn）：持。木根：香木的根。結：連結。
22. 貫：串連。薜荔：一種蔓生的香草。蕊：花心。
23. 矯：舉。
24. 索：搓繩子。胡繩：香草名。纚纚：連綿成串的樣子。
25. 謇（jiǎn）：發語詞。法：效仿。前脩：前代有德之人。
26. 服：服用。飲食、穿着習慣，喻社會風氣。
27. 不周：不合。
28. 彭咸：傳説中的上古賢人。遺則：遺留下來的法則。

【串講】

第三節大意如下：

我既已培育了九畹的蘭草，又種下了百畝的蕙草。一畦畦地栽植留夷與揭車，又夾雜着一些杜蘅和白芷。希望它們枝葉茂盛啊，到時節我將收割鮮豔的花枝。雖然它們枯萎凋落了也沒有什麼，傷痛的是眾芳荒蕪叢雜而又變質。

大家都競相追逐鑽營以貪求私利啊，全然不知滿足。根據自己的私心推測別人的行為啊，各自都動起嫉妒別人的念頭。急急忙忙地奔走追逐，不是我所着急的問題。人生的暮年一點點迫近着，我擔心的是美名的不能樹立。

清晨飲一杯木蘭上滴落的露水啊，傍晚吃一口秋菊才放的鮮花。假如我的情志真的是美好而切要，就算總是面黃肌瘦又何妨。

手持木根纏繞上香草，串起薜荔剛開的花蕊，高舉起桂樹的枝條纏繞上蕙草，用胡繩草搓成一串串的環綴。我效法前代的高人，不取世俗之人的服用。雖然不能讓今天的人們都滿意，我還是願意遵從彭咸留下來的原則。

【點評】

第三節話題轉向屈原自己為實現理想曾做過的努力。在這裡“芳草喻”，仍然直接暗示着某種人格。滋蘭樹蕙隱喻着對人才的培養，而它們的萎絕蕪穢，則暗示出屈原在這一問題上遇到的挫折。在這裡，對立的因素不再是“黨人”，而是“眾”、“俗”，是社會性的物質慾望對人心的腐蝕。在“眾皆競進以貪婪兮，憑不厭乎求索”的社會誘惑，與“朝飲木蘭之墜露兮，夕餐秋菊之落英”的清寒孤傲面前，有什麼能阻止“蘭蕙”的蕪穢呢？支持着屈原的只是一種歷史價值，那就是可以長存於時間中的“脩名”，再就是那種自信真理在握的信念：“苟余情其信姱以練要兮，長顑頷亦何傷”。選擇了“脩名”，選擇了真理的同時，屈原也就明白了自己命運的悲劇性：“雖不周於今之人兮，願依彭咸之遺則。”彭咸，這個一再出現在屈原作品中，而為他奉為榜樣的人，究竟做過些什麼，我們已不得而知，王逸說他是“殷賢大夫，諫其君不聽，自投水死”，這一說法早已遭到後人的懷疑，但通過他，屈原為自己豎立起來的顯然是一種歷史的尺度。

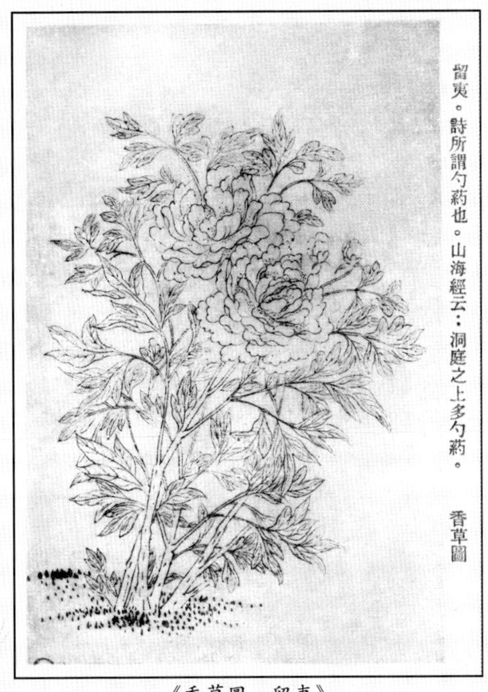

《香草圖．留夷》
錄自清代門應兆《補繪離騷圖》

長太息以掩涕兮[1]，哀民生之多艱[2]。
余雖好脩姱以鞿羈兮[3]，謇朝誶而夕替[4]。
既替余以蕙纕兮[5]，又申之以攬茝[6]。
亦余心之所善兮[7]，雖九死其猶未悔[8]。

怨靈脩之浩蕩兮[9]，終不察夫民心[10]。
眾女嫉余之蛾眉兮[11]，謠諑謂余以善淫[12]。
固時俗之工巧兮[13]，偭規矩而改錯[14]。
背繩墨以追曲兮[15]，競周容以為度[16]。

忳鬱邑余侘傺兮[17]，吾獨窮困乎此時也。
寧溘死以流亡兮[18]，余不忍為此態也[19]。
鷙鳥之不群兮[20]，自前世而固然[21]。
何方圜之能周兮[22]，夫孰異道而相安[23]？
屈心而抑志兮[24]，忍尤而攘詬[25]。
伏清白以死直兮[26]，固前聖之所厚[27]。

【注釋】

1. 太息：歎息。掩涕：擦眼淚。

2. 哀：悲歎。民生：人民生活，舊説人生。艱：艱難。
3. 雖：唯。好：喜愛。修姱：修潔，美好。鞿羈：牽絆，約束，限制。鞿：馬繮繩。羈：馬籠頭。
4. 謇：發語詞。誶（suì）：責罵。替：去職。
5. 蕙纕：蕙草的佩飾。纕（xiāng）：佩帶。
6. 申之：加上。攬茝：採摘白芷。
7. 善：喜愛。
8. 雖：即使。九死其猶未悔：死多少次也不後悔。九：極言其多。
9. 浩蕩：糊塗。
10. 民心：人心。
11. 嫉：嫉妒。蛾眉：美貌。
12. 謠諑（zhuó）：造謠中傷。
13. 工巧：善於取巧。
14. 偭（miǎn）：違背。規矩：畫方畫圓的工具。錯："措"的假借字，措施。
15. 背：違反。繩墨：畫直線的工具。追曲：追隨邪曲。
16. 競：爭相。周容：苟合取容，圓滑自保。度：方法，這裡指一種處世之道。
17. 忳（tún）：憂愁煩悶的樣子。鬱邑：抑鬱。侘傺（chà chì）：失意的樣子，悵然佇立。
18. 寧：寧肯。溘（kè）：忽然。以：與。流亡：流離故土。
19. 此態：指工巧、周容之態。
20. 鷙鳥：猛禽，如鷹、鵰等。
21. 固然：本來如此。
22. 方圜：方枘圓鑿。圜：同"圓"。周：相合。
23. 孰：怎能。異道：不同的道路，指人生態度不同的人。
24. 屈：委屈。抑志：壓抑。
25. 尤：罪過。攘（rǎng）：取。詬：侮辱。
26. 伏：同"服"，行。死直：為直道而死，堅守正道而死。
27. 厚：看重。

錄自清代門應兆《補繪離騷圖》

【串講】

第四節大意如下：

長長地歎息一聲擦去眼角的淚水，哀憐人民的生活有着多少的艱難。我雖然喜歡修潔美好卻受到種種的牽絆，早晨受到斥責晚上就被撤換。既因以蕙草作帶撤換我，又加上摘取白芷。這也就是我心裡所愛慕的啊，即便是為它死九次我也不後悔。

可恨的是君王的糊塗啊，到底也不能體察民心的要求。眾女嫉妒我的美貌，造謠説我善淫。時俗本來就盛行投機取巧啊，背離規矩隨意改變措置。撇開繩墨追隨邪曲，競相苟合取容成了立身處世的法度。鬱鬱悶悶悵然而立，只有我窮困在這樣的時候。寧肯忽然死去或者流離故土，我也不忍作出那樣的姿態。

猛禽的不與凡鳥同群，自前世以來本就如此。方與圓怎麼能密合在一起？選擇不同道路的人怎麼能彼此相安？委屈心靈，壓抑情志，忍受罪過，招取侮辱。做清清白白的事堅守正道而死，前聖所看重的本就是這些。

【點評】

在第四節的文字中，接連出現了三次“死”字。第一次在他因愛好香潔而遭斥逐時，他的回答無怨無悔：“亦余心之所善兮，雖九死其猶未悔”。第二次在他遭到中傷，時俗提示他“背繩墨以追曲兮，競周容以為度”時，他的反應堅決果斷：“寧溘死以流亡兮，余不忍為此態也”。第三次在他清楚地意識到自己的與眾不同，同時感覺到自己生活的“屈心而抑志兮，忍尤而攘詬”時，他的表現坦然自若：“伏清白以死直兮，固前聖之所厚”。死亡在這裡，是在對一種生存原則的堅定維護意義上出現的，死在這裡不是生命的毀滅，而是它的永存，是對生命之清白、高潔，以及追求之不同凡響的有力證明。同時，從這段文字中一再提到的“民生”、“民心”等語來看，這裡的死亡意識，還有一種為民請命的意味。“長太息以掩涕兮，哀民生之多艱”，隨着一聲慨然長歎，讓我們更清楚地看到了屈原政治追求的深層含義。

悔相道之不察兮[1]，延佇乎吾將反[2]。
回朕車以復路兮[3]，及行迷之未遠[4]。
步余馬於蘭皋兮[5]，馳椒丘且焉止息[6]。
進不入以離尤兮[7]，退將復脩吾初服[8]。

製芰荷以為衣兮[9]，集芙蓉以為裳[10]。
不吾知其亦已兮[11]，苟余情其信芳[12]。
高余冠之岌岌兮[13]，長余佩之陸離[14]。
芳與澤其雜糅兮[15]，唯昭質其猶未虧[16]。

忽反顧以遊目兮[17]，將往觀乎四荒[18]。
佩繽紛其繁飾兮[19]，芳菲菲其彌章[20]。
民生各有所樂兮[21]，余獨好脩以為常[22]。
雖體解吾猶未變兮[23]，豈余心之可懲[24]。

【注釋】

1. 相道：選擇道路。相（xiàng）：察看。察：清晰，明白。
2. 延佇：長時間地站立，有點拿不定主意的樣子。反：返回，掉頭。
3. 回：回轉。復路：走回頭路。
4. 及：趁着。迷：迷途。

5. 步：緩行。蘭皐：生有蘭草的山坡。皐：水邊高地。
6. 馳：急行。椒丘：長着花椒樹的小山。焉：於是，在這裡。止息：停下休息。
7. 進：進朝，出仕。不入：不被任用。離：遭受。尤：罪過。
8. 退：隱退。脩：修整。初服：原來的服飾，隱喻本來的志向。
9. 芰（jì）荷：荷葉。衣：上衣。
10. 芙蓉：荷花。裳：下裝。
11. 已：算了。
12. 苟：只要。信：真的。
13. 岌岌：高高的樣子。
14. 佩：佩飾。陸離：長長的樣子。
15. 芳：芳香。澤：佩玉的光澤。雜糅：摻雜在一起。
16. 昭質：清潔的品質。虧：損失。
17. 反顧：回頭看。遊目：縱目遠望。
18. 四荒：四方邊遠之地。
19. 佩：佩飾。繽紛：眾多的樣子。繁飾：裝飾繁華。
20. 菲菲：香氣瀰漫。彌：更加。章：顯著。
21. 所樂：喜愛的事物。
22. 好脩：愛美。常：常規，習慣。
23. 體解：身死形消，一說即肢解，古代的一種酷刑。
24. 懲：懲戒。

【串講】

第五節大意如下：

懊悔當初選擇道路時看得不夠清晰，停下來久久地佇立，想返回出發之地。調轉我的車子又走上來時的路途，趁着走入迷途未遠的時候。讓我的馬兒在長滿蘭草的山坡邊徐徐行走，奔上長着花椒樹的山丘，暫且在這兒休息。進不能得到接納而遭受罪責，退下來我再來修整當初的衣飾。用荷葉製成上衣，聯綴荷花作成下裳。不瞭解我也就算了吧，只要我的情志真的芬芳。

讓我的帽子高高地聳起，讓我的佩飾長長地飄曳。花氣的芳香和佩玉的光澤交織在一起，我潔淨光明的本質沒有受到一點虧損。忽然回頭遊目四望，我將遠去遊觀荒遠的四方。佩飾繽紛妝點繁麗啊，香氣菲菲更加襲人。人生各有所樂啊，我獨愛美而成習。即使是體解形消也一仍其舊啊，我的心難道會因受懲戒而改變？

【點評】

第五節的開頭，話題又一次回到了“道路”問題上，但這裡的“道路”，已不是根本的原則，而是具體的方法，屈原在這裡又一次表現出了知識分子的善於自我反省。“回朕車以復路兮，及行迷之未遠”，這裡的“復路”，這裡的“行迷”指的是什麼呢？是對自己勸導楚王方法的恰當與否的懷疑，還是對自己政治生涯的厭倦？後面“退將復脩吾初服”的話，很讓人想起陶淵明《歸去來兮辭》裡的一些語言，“步余馬於蘭皐兮，馳椒丘且焉止息”，“製芰荷以為衣兮，集芙蓉以為裳”，“高余冠之岌岌兮，長余佩之陸離”一類的詩句，給人的感覺也真像是“久在樊籠裡，復得返自然”，從某種社會性的苦惱中解脫出來，屈原似乎是要在楚國的山林水澤間歸返到他的精神家園。然而，即就是在這樣的時刻，他還是不能忘記對自己生存原則的維護：“民生各有所樂兮，余獨好脩以為常。雖體解吾猶未變兮，豈余心之可懲”。這就為下面篇章的開展做出了必要的鋪墊。

屈原像
清代南重殿藏歷代聖賢名人像本

女嬃之嬋媛兮[1]，申申其詈予[2]。

曰："鯀婞直以亡身兮[3]，終然殀乎羽之野[4]。

汝何博謇而好脩兮[5]，紛獨有此姱節[6]？

薋菉葹以盈室兮[7]，判獨離而不服[8]。

眾不可户説兮[9]，孰云察余之中情[10]？

世並舉而好朋兮[11]，夫何煢獨而不予聽[12]"？

依前聖以節中兮[13]，喟憑心而歷茲[14]。

濟沅湘以南征兮[15]，就重華而陳詞[16]：

"啓《九辯》與《九歌》兮[17]，夏康娛以自縱[18]。

不顧難以圖後兮[19]，五子用失乎家巷[20]。

羿淫遊以佚畋兮[21]，又好射夫封狐[22]。

固亂流其鮮終兮[23]，浞又貪夫厥家[24]。

澆身被服強圉兮[25]，縱欲而不忍[26]。

日康娛而自忘兮[27]，厥首用夫顛隕[28]。

夏桀之常違兮[29]，乃遂焉而逢殃[30]。

后辛之菹醢兮[31]，殷宗用而不長[32]。

湯、禹儼而祗敬兮[33]，周論道而莫差[34]。

舉賢而授能兮[35]，循繩墨而不頗[36]。

皇天無私阿兮[37]，覽民德焉錯輔[38]。

夫維聖哲以茂行兮[39]，苟得用此下土[40]。

瞻前而顧後兮[41]，相觀民之計極[42]。

夫孰非義而可用兮[43]？孰非善而可服[44]？

阽余身而危死兮[45]，覽余初其猶未悔[46]。

不量鑿而正枘兮[47]，固前脩以菹醢[48]。"

曾歔欷余鬱邑兮[49]，哀朕時之不當[50]。

攬茹蕙以掩涕兮[51]，霑余襟之浪浪[52]。

錄自清代門應兆《補繪離騷圖》

【注釋】

1. 女嬃（xū）：傳説是屈原的姐姐。嬋媛（chán yuán）：因情緒激動而喘息的樣子。
2. 申申：一再地。詈（lì）：責罵。
3. 鯀（gǔn）：遠古傳説中的人物，通常的説法是，堯時天下洪水滔滔，鯀用堙塞的辦法治水不成功，被帝舜所殺。另一種説法是鯀死於直諫，這裡記述的就是後一説法。婞（xìng）直：剛直。亡身：忘身，忘我。
4. 終然：終於。殀（yǎo）：同"夭"，早死，短命。羽：羽山。傳説中鯀被殺的地方。
5. 博謇：過份忠直。好脩：喜歡修潔。
6. 紛：眾多的樣子，修飾後面的"姱節"。姱節：美好的情操。
7. 薋（cí）草多的樣子，這裡做動詞，是堆積的意思。菉（lù）：草名，即王芻，又名藎草。葹（shī）：草名，即蒼耳。盈室：滿屋。
8. 判：區分，這裡指與眾不同。獨離：脱離群眾。服：佩戴。
9. 戶説：一戶戶地去解説。
10. 余：我們。中情：內心的情由。
11. 並舉：都這樣做。好朋：喜歡結黨營私。
12. 煢（qióng）獨：孤獨。不予聽：不聽我的話。
13. 節中：恰當合理，不偏不倚地處理人和事。
14. 喟：歎息。憑心：滿懷憤懣。歷茲：經受這一切。
15. 濟：渡。沅、湘：河名，在今湖南省境內，注入洞庭湖。南征：南行。
16. 就：去，向。重華：舜的名字。陳詞：訴説。
17. 啓：夏朝的開國之君，禹的兒子。《九辯》、《九歌》：傳説中天帝的樂歌，被啓偷下了人間。
18. 夏：指夏啓。康娛：尋歡作樂。自縱：放縱自己。
19. 顧：念，想。難：危難。圖：考慮，謀劃。後：未來。
20. 五子：人名，即武觀，夏啓的兒子。用失乎：失字為衍文。用乎：因而。家巷：內訌。巷：鬨。據史書記載，武觀曾被夏啓流放，後趁啓沉湎音樂之機發動叛亂。
21. 羿：即后羿，夏時有窮國的國君，曾乘夏亂奪取過夏的政權，後來也因荒淫被殺。淫遊：過度的遊樂。佚：放縱，任性。畋（tián）：打獵。

22. 封：大。
23. 固：本來。亂流：胡作非為之人。鮮：少有。終：結果。
24. 浞（zhuó）：寒浞，人名。謀殺后羿的人，相傳是羿的相。厥家：他的家室。相傳寒浞謀殺了后羿以后又奪取了他的妻子。
25. 澆：寒浞的兒子。被服：以穿衣喻常處其中。強圉（yǔ）：強暴有力。
26. 縱欲：放縱自己。忍：克制。
27. 日：每天。自忘：忘記自己可能面臨的危險。
28. 用夫：因此。顛隕：掉落。
29. 常違：違背常理。
30. 遂焉：終於。逢殃：遇禍。
31. 后辛：殷紂王的名字。菹醢（zū hǎi）：殷紂時代的酷刑，把人剁成肉醬。
32. 宗：宗廟，代指王位。用而：因而。
33. 湯、禹：商湯、夏禹。儼：嚴肅、認真。祗：即“敬”。
34. 周：指周朝創業的文、武、周公等人。論道：講求正道。莫差：沒有犯錯。
35. 舉賢：選拔賢才。授能：任命有才能的人做官。
36. 循：遵循。繩墨：道理、法度。頗：偏。
37. 私：私情。阿：偏袒。
38. 錯：“措”的假借字。安排。輔：幫助。
39. 聖哲：高尚聰明的人。茂行：德行顯著的人。
40. 苟得：才真的能夠。用：享有。下土：天下。
41. 瞻：向前看。顧：回頭看。
42. 相觀：察看。計極：終極打算。
43. 孰：哪裡。用：任用。
44. 服：與“用”同義。
45. 阽（diàn）：靠近危險的邊緣。危死：幾乎要死亡。
46. 初：當初的心志。
47. 量鑿而正枘：根據榫眼削正榫頭。鑿：榫眼。枘：榫頭。
48. 前脩：前賢。
49. 曾：多重。歔欷：悲泣聲。鬱邑：愁悶。
50. 哀朕時之不當：傷歎我的生不逢時。

51. 茹蕙：柔軟的蕙草。掩涕：擦眼淚。
52. 霑（zhān）：沾濕。浪浪：淚流不止的樣子。

錄自清代門應兆《補繪離騷圖》

【串講】

第六節大意如下：

女嬃氣喘吁吁多麼憤怒啊，她翻來覆去地數落着我。說："鯀為人剛直奮不顧身啊，終於被殺死在羽之野。你為什麼要那麼忠直而潔身自好，獨獨有這麼多的好節操？滿屋子堆的都是雜草啊，你偏偏脫離群眾不肯佩帶。眾人不是可以一家一戶地去向他們解說的，誰會來體察我們的內情？世人都喜歡結黨以營私啊，你為什麼總要一個人孤零零而不聽我的勸說。"

依從前代聖人的標準，不偏不倚地處理人和事，慨歎我滿懷憤懣地經受了的這一切，渡過沅水、湘江向南進發啊，去向虞舜訴說我的委曲：

夏啓從上天偷取了《九辯》和《九歌》，從此尋歡作樂放縱自己。不考慮危難為未來做打算，五子趁機內訌發動了叛亂。后羿沉溺於遊樂和打獵，又喜歡射那大狐狸。胡作非為之流本來就少有好下場啊，寒浞又看上了他的家室。澆自恃強暴有力，放縱慾望不能克制，一天天貪圖享樂忘乎所以，他也因此掉了腦袋。夏桀做事違離常理，終於遭逢了禍殃。殷紂好用酷刑，常常把人剁成肉醬，殷商的王位因此不能久長。商湯、夏禹做事嚴肅而敬重，周文、周武講究治國之道而沒有差錯。他們選拔賢士，授官給有才能的人，遵從繩墨而沒有偏頗。

皇天不講私情和偏袒，看誰有德行就幫助。只有高尚聰明而德行顯著的人，才能真正享有天下。抬頭看看前面，回頭看看後面，看看人民最終有什麼打算。哪裡有不行仁義而可任用，哪裡有不做好事而可得到天命的呢？

臨近危險的邊緣，我幾乎接近了死亡，但回頭看當初的心志仍然沒有後悔。不根據榫眼的形狀去削正榫頭，本就是前賢被剁成肉醬的原因。止不住悲泣和心頭的鬱悶，傷歎我的生不逢時。拿一把柔軟的蕙草去擦眼淚，淚流不止打濕了我的衣襟。

【點評】

與庸眾不同的生活態度，帶來的必然是被孤立的命運。屈原在政治上被“黨人”排斥，被楚王冷落，就是在身邊也無法找到真正的理解。女嬃的埋怨是善意的，她代表着屈原的近親對他命運的一種關心。女嬃那短短一段責怪的話，就包含了三個“獨”字。特立獨行，是屈原人格高潔的體現，也是他被孤立的根本原因。而這樣的一意孤行對自己的生存很可能隱伏着更大的危險，女嬃拿“鯀”來作比，本身就表現出一種強烈的憂心。在普遍的不理解中，屈原能怎麼樣呢？他只能到古聖先賢那裡去尋找肯定，這就説明，維繫着他的信念的，始終是一種歷史價值。對歷史的認識既決定着他行為的尺度，也成為他的力量源泉。在想像中，他對帝舜的那一番陳辭，也是從歷史的經驗出發，尋找着行為的尺度和準則。“皇天無私阿兮，覽民德焉錯輔。夫維聖哲以茂行兮，苟得用此下土。瞻前而顧後兮，相觀民之計極。夫孰非義而可用兮？孰非善而可服？”這就是通過總結歷史經驗，他最後得出的民本主義的政治哲學。他始終自信真理在握，即便身近“危死”，也無怨無悔，就是因為在他的內心裡有着這樣的道義上的支持。女嬃的指責和向舜帝傾訴，展示了高潔人格追求和持守中，家庭責任和歷史價值的衝突，是精神探索的深化，把內在的分裂作了戲劇化的表達。

《屈原女嬃圖》 近人 · 劉淩滄

錄自清代門應兆《補繪離騷圖》

跪敷衽以陳辭兮[1]，耿吾既得此中正[2]。

駟玉虬以乘鷖兮[3]，溘埃風余上征[4]。

朝發軔於蒼梧兮[5]，夕余至乎縣圃[6]。

欲少留此靈瑣兮[7]，日忽忽其將暮[8]。

吾令羲和弭節兮[9]，望崦嵫而勿迫[10]。

路曼曼其脩遠兮[11]，吾將上下而求索[12]。

《吾將上下而求索》今人・范曾

飲余馬於咸池兮[13]，總余轡乎扶桑[14]。

折若木以拂日兮[15]，聊逍遙以相羊[16]。

前望舒使先驅兮[17]，後飛廉使奔屬[18]。

鸞皇為余先戒兮[19]，雷師告余以未具[20]。

吾令鳳鳥飛騰兮[21]，繼之以日夜[22]。

飄風屯其相離兮[23]，帥雲霓而來御[24]。

紛總總其離合兮[25]，斑陸離其上下[26]。

錄自清代門應兆《補繪離騷圖》

吾令帝閽開關兮[27]，倚閶闔而望予[28]。

時曖曖其將罷兮[29]，結幽蘭而延佇[30]。

世溷濁而不分兮[31]，好蔽美而嫉妒[32]。

朝吾將濟於白水兮[33]，登閬風而緤馬[34]。

忽反顧以流涕兮[35]，哀高丘之無女[36]。

溘吾遊此春宮兮[37]，折瓊枝以繼佩[38]。

及榮華之未落兮[39]，相下女之可詒[40]。

吾令豐隆乘雲兮[41]，求宓妃之所在[42]。

解佩纕以結言兮[43]，吾令謇脩以為理[44]。

紛總總其離合兮[45]，忽緯繣其難遷[46]。

夕歸次於窮石兮[47]，朝濯髮乎洧盤[48]。

保厥美以驕傲兮[49]，日康娛以淫遊[50]。

雖信美而無禮兮[51]，來違棄而改求[52]。

覽相觀於四極兮[53]，周流乎天余乃下[54]。

望瑤台之偃蹇兮[55]，見有娀之佚女[56]。

錄自清代門應兆《補繪離騷圖》

吾令鴆為媒兮[57]，鴆告余以不好。

雄鳩之鳴逝兮[58]，余猶惡其佻巧[59]。

心猶豫而狐疑兮，欲自適而不可[60]。

鳳皇既受詒兮[61]，恐高辛之先我[62]。

欲遠集而無所止兮[63]，聊浮遊以逍遙[64]。

及少康之未家兮[65]，留有虞之二姚[66]。

理弱而媒拙兮[67]，恐導言之不固[68]。

世溷濁而嫉賢兮，好蔽美而稱惡。

閨中既以邃遠兮[69]，哲王又不寤[70]。

懷朕情而不發兮[71]，余焉能忍而與此終古[72]？

【注釋】

1. 敷衽：攤開衣襟跪在地上。敷：鋪展。衽：衣服前襟的下襬。
2. 耿：光明。中正：中正之道。
3. 駟：駕車。玉：白色。虬（qiú）：無角龍。鷖（yī）：鳳凰一類的鳥。
4. 溘：忽然。埃風：捲起塵埃的大風。
5. 發軔：出發。軔（rèn）：停車時卡住車輪的木塊，發軔就是將此木塊取掉讓車子動起來。蒼梧：山名，即九嶷山，在今湖南，相傳舜南巡死在蒼梧之野，葬於九嶷山。
6. 縣圃：傳說中的地名，在昆侖山，是神靈居住的地方。
7. 少留：稍稍停留。靈瑣：神境之門。
8. 忽忽：迅速的樣子。
9. 羲和：神話傳說中為太陽駕車的人。弭節：停下車子。
10. 崦嵫（yān zī）：神話傳說中的山名，日落之處。迫：靠近。
11. 脩遠：長遠。
12. 求索：尋找。
13. 咸池：神話傳說中的地名，太陽浴水的地方。
14. 總：總握。轡：馬繮繩。扶桑：神話傳說中長在太陽升起的地方的大樹。
15. 若木：神話傳說中長在太陽落下的地方的大樹。拂日：拂拭太陽。

16. 相羊：同“徜徉”。
17. 望舒：神話傳說中為月亮駕車的人。
18. 飛廉：風神。奔屬：奔走跟隨。
19. 鸞皇：鳳凰。先戒：先行警戒。
20. 雷師：雷神。未具：行裝沒有準備齊全。
21. 鳳鳥：鳳凰，即前邊提到騎乘着的“鷖”。
22. 繼之以日夜：夜以繼日。
23. 飄風：旋風，大風。屯：聚集。離：附麗，依附。
24. 帥：率領。雲霓：雲霞。御：通“迓”，迎接。
25. 紛總總：雲朵紛亂聚結的樣子。離合：雲忽聚忽散。
26. 斑：色彩斑駁。陸離：光芒燦爛。上下：忽上忽下。
27. 帝閽：天帝的守門人。闢：門閂。
28. 倚：靠。閶闔：天門。望予：冷漠地看着我。
29. 時：時光。曖曖：昏暗的樣子。罷：結束。
30. 結：編結。延佇：遲延佇立。
31. 溷濁：混亂污濁。
32. 蔽美：掩蓋他人之美。
33. 濟：渡。白水：神話傳說中出自昆侖山的一條河。
34. 閬風：神話中的地名，在昆侖山上。緤(xiè)　：拴，繫。
35. 反顧：回頭看。
36. 哀：悲歎。高丘：指閬風山。女：美女。
37. 溘：忽然，迅速的樣子。春宮：春天長駐的神仙之宮。
38. 瓊枝：玉樹的枝條。繼：加添，增多。佩：佩飾。
39. 及：趁。榮華：榮和華都是花，比喻青春美貌。
40. 相：察看，尋找。下女：下界的女子。詒：贈。
41. 豐隆：神話傳說中的雲神。
42. 宓妃：神話傳說中的神女。
43. 佩纕：繫結佩飾的絲帶。結言：訂立盟誓。
44. 蹇脩：神話傳說中的人物。理：使者，媒人。
45. 紛總總其離合兮：事情頭緒紛亂雜多，離合變換，指與宓妃結言的事。

46. 緯繣（wěi huà）：乖戾。遷：改變。
47. 次：停宿。窮石：神往傳說中的地名。
48. 濯：洗浴。洧盤：神話傳說中的水名。
49. 保：憑恃。厥美：她的美貌。
50. 康娛：貪圖享樂。淫：過度。
51. 信：真的。
52. 來：乃。違棄：改變，放棄。
53. 覽相觀：三字同義，都是看的意思。
54. 周流：遍行。
55. 瑤台：神話傳說中的地名。瑤：美玉。偃蹇（yǎn jiǎn）：高聳的樣子。
56. 有娀（sōng）：傳說中的古代部族。佚女：美女。
57. 鴆（zhèn）：鳥名，羽毛有毒。
58. 鳩：斑鳩。鳴逝：鳴叫着飛走。
59. 惡：厭惡。佻巧：輕浮取巧。
60. 自適：自己去。
61. 鳳皇既受詒：鳳凰已經受人委託帶去了聘禮。傳說殷人的祖先契的母親簡狄因吞食玄鳥卵而懷孕生子，據考證，所謂玄鳥即鳳凰。詒：贈送，這裡指聘禮。
62. 高辛：高辛氏，指帝嚳，簡狄之夫。
63. 遠集：遠行。集：鳥棲於樹。止：停留之地。
64. 浮遊：飄蕩。
65. 少康：夏朝的中興之君。未家：未成家。
66. 二姚：有虞氏的兩個女兒，少康的妻子。
67. 理：使者，媒人。
68. 導言：說媒的言辭。不固：不穩固，不可靠。
69. 閨中：女子居處。邃：深。
70. 哲王：明君。寤：醒。
71. 發：抒發，表達。
72. 焉能：怎能。終古：直到永遠。

【串講】

第七節大意如下：

攤開衣襟跪在地，説完這番話，我心裡一片明亮，確認自己已經得到了中正的至理。駕起四匹玉龍的車子，乘上鳳鳥，忽然捲起一陣挾着塵埃的大風，我向上天飛去。早晨從蒼梧出發，傍晚就到了昆侖山中的縣圃。想稍稍在這神靈的門前停留一下啊，太陽看看就要下山已近黃昏了。我命令羲和放慢車速，望着崦嵫山不要靠近。路途漫漫多麼遙遠啊，我還將去上下四方以尋求。

在咸池邊飲飲我的馬兒啊，在扶桑下整整我的馬繮。折一枝若木拂拭拂拭將落的太陽啊，姑且就這樣逍遙而徜徉。讓月神望舒在前開路，讓風神飛廉在後奔隨。讓鳳凰替我先行警戒，雷師告訴我行裝尚未齊備。我命令鳳鳥飛騰啊，夜以繼日向前飛去。旋風翻捲着靠向我的車子，率領着雲霞來迎。

雲朵紛亂忽聚忽散，霞光斑駁上下閃爍。我命令天帝的守門人打開門閂，他卻只是靠着天門冷漠地看着我。時光昏暗一天就要結束了，手裡編結着幽蘭，我只能滯留在天門前久久地佇立。世界混濁不分好壞啊，總是喜歡掩蓋他人的美好而嫉妒。

早晨我將渡過白水，登上閬風山繫住我的馬。忽然回頭一望，淚水就流了下來，悲歎高丘之上無美女。忽然我就到這春神的宮殿裡來遊玩，折下玉樹的枝條增添佩飾。趁着這美麗的榮華未凋謝，看看下界有什麼好女子可贈予。

我命令豐隆乘雲而去，尋找宓妃的所在。解下佩帶與她訂約啊，我讓蹇脩去做媒。事情像雲朵一般紛亂忽聚忽散啊，忽然間她就要脾氣改變了主意。她傍晚回來住宿在窮石，早晨就在洧盤洗她的長髮。仗着自己的美貌無比驕傲，一天天貪圖享樂過度地遊玩。雖然真的美麗卻不懂禮節，來吧，讓我們撇開她另找別人。

看啊看啊看啊，看遍了四方最遠的邊際，走遍天空我才下來。望見瑤台高高地聳起，望見了有娀氏的美女。我讓鴆鳥為我做媒，鴆鳥卻告訴我那女子不好。雄鳩也鳴叫着飛走了，我還討厭它説話輕薄巧辯。心中猶豫，狐疑不定，想自己去又不可以。鳳凰既已受人之託帶去了聘禮，恐怕高辛氏要趕在我前頭娶到有娀氏的女兒。

想遠去別處卻找不到停留之地啊，姑且就這樣飄蕩而逍遙。趁着少康還沒成家啊，留住有虞氏的二姚。媒人無能説辭笨拙啊，恐怕説合的話也不牢靠。世間混濁妒賢嫉能啊，總是喜歡隱人之美揚人之惡。

閨中既是那樣深遠啊，明君又不醒悟。心懷着這樣的至情而無從抒發，我怎能忍受這種情形永遠這樣下去。

【點評】

從對帝舜的一番訴説中理清了自己的思想，也彷彿印證了自己行為的正確性，這就使他從一種現實的緊張中暫時解脱了出來，而開始了自我精神的求索。這一節有關神話世界遊歷的描寫，閃射着綺麗的光芒。詩人在這裡乘龍馭鳳，行蹤從昆侖縣圃、咸池扶桑，直到天帝的門前，繼而又轉道白水閬風，漫遊春宮。一路伴隨着風雲雷電，聲勢浩大，空間廣闊，光彩斑斕。表面看彷彿擺脱了人世生活的種種羈絆，然而仔細察看就能發現，真正伴隨着他的，仍是那種時光的匆促感，人事的阻隔感，和精神的孤獨感。就是這種孤獨感，催迫着他尋找精神上的相知，這就是《離騷》中"求女"的真正意義。然而，三次追求三次失敗，原因既在對物件性情的不完全瞭解，更在"理弱而媒拙"和"世溷濁而嫉賢兮，好蔽美而稱惡"。"媒"的問題，實際上是一個溝通和表達問題，屈原在這裡觸及的，是又一個普遍的人生困境。以神遊寫充滿輝煌、又充滿失落的精神求索，是屈原詩性思維的一大創造。它把天地風雲神靈與人的精神焦慮馳逐相交織而渾融，展示了一個既是神話的、又是深度精神性的光色絢麗的非世界的世界。

索藑茅以筳篿兮[1]，命靈氛為余占之[2]。
曰："兩美其必合兮[3]，孰信脩而慕之[4]？
思九州之博大兮[5]，豈惟是其有女[6]？"

曰："勉遠逝而無狐疑兮[7]，孰求美而釋女[8]？
何所獨無芳草兮[9]，爾何懷乎故宇[10]？"
世幽昧以昡曜兮[11]，孰云察余之善惡[12]？
民好惡其不同兮[13]，惟此黨人其獨異[14]！
戶服艾以盈要兮[15]，謂幽蘭其不可佩[16]。
覽察草木其猶未得兮[17]，豈珵美之能當[18]？
蘇糞壤以充幃兮[19]，謂申椒其不芳[20]。

欲從靈氛之吉占兮[21]，心猶豫而狐疑。
巫咸將夕降兮[22]，懷椒糈而要之[23]。

百神翳其備降兮[24]，九疑繽其並迎[25]。
皇剡剡其揚靈兮[26]，告余以吉故[27]。
曰："勉升降以上下兮[28]，求矩矱之所同[29]。
湯、禹嚴而求合兮[30]，摯、咎繇而能調[31]。

茍中情其好脩兮[32]，又何必用夫行媒[33]？

説操築於傅岩兮[34]，武丁用而不疑。

呂望之鼓刀兮[35]，遭周文而得舉[36]。

甯戚之謳歌兮[37]，齊桓聞以該輔[38]。

及年歲之未晏兮[39]，時亦猶其未央[40]。

恐鵜鴂之先鳴兮[41]，使夫百草為之不芳。”

錄自清代門應兆《補繪離騷圖》

何瓊佩之偃蹇兮[42]，眾薆然而蔽之[43]。

惟此黨人之不諒兮[44]，恐嫉妒而折之[45]。

時繽紛其變易兮[46]，又何可以淹留[47]？

蘭芷變而不芳兮，荃蕙化而為茅[48]。

何昔日之芳草兮，今直為此蕭艾也[49]？

豈其有他故兮，莫好脩之害也！

余以蘭為可恃兮[50]，羌無實而容長[51]。

委厥美以從俗兮[52]，苟得列乎眾芳[53]。

椒專佞以慢慆兮[54]，樧又欲充夫佩幃[55]。

既干進而務入兮[56]，又何芳之能祇[57]？

固時俗之流從兮[58]，又孰能無變化？

覽椒蘭其若茲兮[59]，又況揭車與江離？

惟茲佩之可貴兮[60]，委厥美而歷茲[61]。

芳菲菲而難虧兮[62]，芬至今猶未沬[63]。

和調度以自娛兮[64]，聊浮遊而求女。

及余飾之方壯兮[65]，周流觀乎上下。

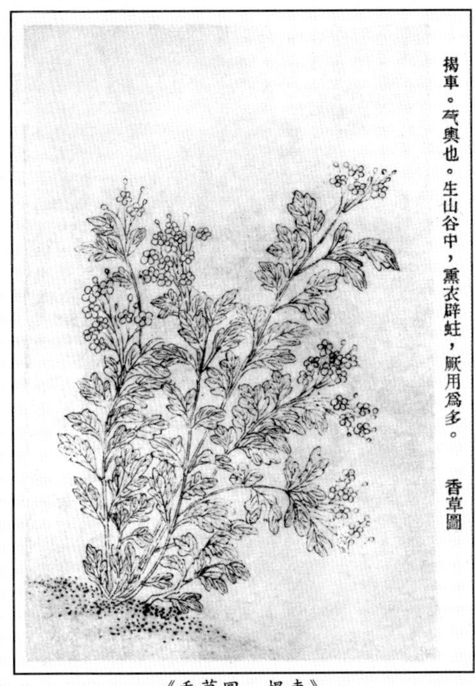

《香草圖·揭車》
錄自清代門應兆《補繪離騷圖》

【注釋】

1. 索：索取。藑（qióng）茅：占卜用的茅草。以：與。筳篿（tíng zhuān）：占卜用的竹片。
2. 靈氛：神巫名。
3. 合：遇合。
4. 孰：誰。信脩：真的美好。慕：追求。
5. 九州：天下。
6. 是：這裡。
7. 勉：努力。遠逝：遠行。
8. 孰求美而釋女：誰人求美而能放過你呢。女：汝。
9. 何所：何處。芳草：指追求的物件。
10. 懷：懷戀。故宇：舊居，指故國。

11. 幽昧：昏暗。昡曜（xuàn yào）：光線強烈，使人目光迷亂。
12. 余：我們。
13. 民：人們。
14. 黨人：結黨營私的人。
15. 戶：家家戶戶。服：佩帶。艾：艾蒿。盈要：滿腰。
16. 謂：說。
17. 覽察：看。未得：不得當。
18. 珵（chéng）：美玉。當：得當。
19. 蘇：取。糞壤：糞土。充：充滿。幃（wéi）：香袋。
20. 申椒：花椒。
21. 從：聽從。吉占：好卦。
22. 巫咸：神巫名。降：降神。
23. 懷：懷帶。椒糈（xǔ）：花椒和精米。要（yāo）：迎接。
24. 翳（yì）：遮蔽，這裡指百神蔽空而下的樣子。
25. 九疑：九嶷山的神靈。繽：繽紛。眾多的樣子。
26. 皇剡剡（yǎn）：光芒四射的樣子。揚靈：顯靈。
27. 吉故：吉利的事。
28. 勉：努力。升降：與上下同義。升降、上下，指四處求索。
29. 矩矱：尺度。
30. 嚴：嚴肅認真。
31. 摯、咎繇（gāo yáo）：伊尹和皋陶，分別是商湯和夏禹時的賢臣。調：調和，協調。
32. 苟：假如真的。
33. 行媒：媒人。
34. 說：傅說，殷高宗武丁時的賢相，傅說得到武丁的重用前，曾在傅岩為人築牆。操：拿。築：築牆的工具。傅岩：地名，在今山西平陸縣。
35. 呂望：即姜太公。相傳姜太公未遇文王前，曾在朝歌當過屠戶。鼓刀：操刀屠宰。
36. 周文：周文王。舉：任用。
37. 甯戚：春秋時齊國賢臣，遇齊桓公前曾做過小商販，齊桓公於齊東門外聽見他邊餵牛邊唱歌，交談後任用他為卿。

38. 齊桓：齊桓公，春秋五霸之一。該：備，充任。輔：輔佐之臣。

39. 晏：晚。

40. 未央：未盡。

41. 鵜鴂（tí jué）：鳥名，即杜鵑。杜鵑鳴時正當春夏之交，是所謂落花時節。

42. 瓊佩：佩玉。偃蹇：本意是高聳的樣子，這裡是高潔，高貴的意思。

43. 薆（ài）：掩蓋。

44. 不諒：缺少誠信，不講信義。諒，誠信。

45. 折：摧殘。

46. 繽紛：紛亂的樣子。

47. 淹留：滯留。

48. 茅：茅草。

49. 蕭：青蒿。艾：艾蒿。都是賤草。

50. 可恃：可靠。

51. 羌：乃。無實：沒有實質之美。容長：外表美好。

52. 委：委棄。

53. 苟：苟且。

54. 專佞：專橫諂媚。慢慆（tāo）：傲慢。

55. 榝（shā）：植物名，又名食茱萸。佩幃：佩戴的香囊。

56. 干進：鑽營。干：求。務入：也是鑽營的意思。

57. 祇（zhī）：敬。

58. 流從：隨波逐流。

59. 若茲：如此。

60. 茲佩：此佩，指自己的佩飾。

61. 委：委棄。歷茲：經受了這一切。

62. 虧：損失。

63. 沬（mèi）：暗淡。

64. 和：調和。調：佩玉的鳴聲。度：步伐。

65. 壯：盛。

【串講】

第八節大意如下：

索取藑茅和竹片，命令靈氛為我占卜。問他說："兩美一定會遇合，但誰又是真正美好而值得我愛慕的人呢？想九州之大，難道只是這裡才有美女？"

靈氛說："勉力遠去，不要再狐疑，誰人求美而能放過你呢？何處沒有芳草呀，你為什麼只是留戀着故居？世界昏暗而又使人迷亂，誰還體察我們的善惡？人們的好惡本來就不同，那些結黨營私的人只是更加特別。家家戶戶佩戴艾蒿滿腰，卻說幽蘭不可佩戴。觀察草木都不能辨清好壞，鑒別美玉怎能得當？他們取來糞土填滿香袋，卻說花椒不芬芳。"

想聽從靈氛的吉占，內心不免還是猶豫狐疑。巫咸將在晚上降神，我帶了花椒和精米去迎接。天上的百神蔽空齊下，九嶷山的眾神紛紛來迎。光芒四射諸神顯靈，告訴我一些吉利的故事。

說："努力上下求索，尋求與自己價值尺度相同的人吧。商湯、夏禹誠心尋求志趣相投者，就有伊尹、臯陶能與他們協調。假如內心真的喜歡美好，又何必要媒人來說合。傅說在傅岩為人築牆，武丁也對他用之不疑。呂望曾是操刀的屠夫，遇到周文王得到拔舉。甯戚邊餵牛邊唱歌，齊桓公聽見就任用他為輔佐。趁着年歲還不太晚，時間也沒有花光，努力有所作為吧，恐怕的是杜鵑鳥先一叫，百草就不再散發芬芳。

我的佩玉是多麼高潔啊，人們卻遮遮掩掩往暗處藏掖。這些結黨營私的人不講信義啊，恐怕只會出於嫉妒而摧毀這佩玉。時世紛紜變化不定，又怎麼能長久在此停留？蘭草白芷變得不再芬芳，昌蒲蕙花變成了茅草。怎麼從前的芳草，今天都變成了青蒿艾蒿？難道還有別的什麼緣故？都是不自愛美害的。我原以為蘭是可靠的，豈料它並無實質只是外表美好而已。放棄它本來的美好而去順隨世俗，苟且得到"芳草"的美名。椒專橫諂媚而又傲慢，樧又想鑽進香袋冒充芳馨。既求進用而投機鑽營，又怎麼能對芬芳真的心存敬意？

世俗本就是隨波逐流的啊，有誰能不隨之變化呢？看看椒蘭都是這樣子，又何況揭車與江離？只有我這些佩飾可貴啊，美好雖被拋棄卻經受住了這一切，香氣撲鼻味兒一點沒減少，芬芳至今很濃郁。

調整好佩玉的節奏和步伐以自得其樂，姑且就這樣到處飄流，去尋找我心目中的美女。趁着我的佩飾正盛的時節，走遍四方上下去尋覓。

【點評】

精神世界裡的遠行求索和"求女"屢屢受挫之後，詩人又回到現實之中。這時，對於他來説，還有另一種生活的可能在造成着精神的痛苦，那就是離去，離開楚國。靈氛的占卜和巫咸的降神，其實都是詩人內心矛盾的一種展現方式，是精神深度裂變而採取的詩的戲劇化表述方式。戰國時期，中華文明圈正面臨着一次新的整合，在本國找不到發展機會的"士"，在他國常可找到實現他人生價值的機遇，楚才晉用，朝秦暮楚已是士生活的常態，屈原不是不知道這種事實。"黨人"的倒行逆施，世俗風氣的墮落，似乎都在逼他離開這裡，去尋找另外的機遇，然而他卻深深地懷戀着自己的"故宇"。雖然靈氛告訴他"兩美其必合"，勸他"遠逝而無狐疑"，但他還是免不了"心猶豫而狐疑"。借巫咸之口説出的話，與其説是神意，不如説是詩人自己思想中的另一種考慮。在這裡，他試圖擺脱對"行媒"的依賴，尋求君臣遇合的更直接的路徑，姜尚遇周文王等許多這類歷史佳話似乎在鼓勵着他，這裡似乎透露出了屈原對朝廷中某些自己曾寄予希望的人的極度失望。時間再一次成為他思考問題的一個焦點，但它的意義已不僅是生命的匆促，而且也有對於變易的疑懼，"何昔日之芳草兮，今直為此蕭艾也"，這樣的感慨或許有具體的所指，但何嘗又沒有表現出一種有普遍意義的生命困惑？在這樣的變易中，更顯出了那種堅定人格的可貴："芳菲菲而難虧兮，芬至今猶未沫。"這就是屈原自我精神的讚歌。

靈氛既告余以吉占兮，歷吉日乎吾將行[1]。

折瓊枝以為羞兮[2]，精瓊靡以為粻[3]。

為余駕飛龍兮，雜瑤象以為車[4]。

何離心之可同兮[5]？吾將遠逝以自疏[6]。

邅吾道夫昆侖兮[7]，路脩遠以周流[8]。

揚雲霓之晻藹兮[9]，鳴玉鸞之啾啾[10]。

朝發軔於天津兮[11]，夕余至乎西極[12]。

鳳皇翼其承旂兮[13]，高翱翔之翼翼[14]。

忽吾行此流沙兮[15]，遵赤水而容與[16]。

麾蛟龍使梁津兮[17]，詔西皇使涉予[18]。

路脩遠以多艱兮，騰眾車使徑待[19]。

路不周以左轉兮[20]，指西海以為期[21]。

屯余車其千乘兮[22]，齊玉軑而並馳[23]。

駕八龍之婉婉兮[24]，載雲旗之委蛇[25]。

抑志而弭節兮[26]，神高馳之邈邈[27]。

奏《九歌》而舞《韶》兮[28]，聊假日以媮樂[29]。

陟升皇之赫戲兮[30]，忽臨睨夫舊鄉[31]。

僕夫悲余馬懷兮[32]，蜷局顧而不行[33]。

錄自清代門應兆《補繪離騷圖》

【注釋】

1. 歷：選擇。
2. 羞：美味。
3. 精：舂細。瓊靡（mí）：玉屑。粻（zhāng）：乾糧。
4. 雜：混雜。瑤：美玉。象：象牙。
5. 離心：不一致的想法。
6. 疏：遠。
7. 邅（zhān）：轉。
8. 脩遠：長遠。周流：周遊。
9. 揚：揚起。雲霓：雲霞。晻藹（yǎn ǎi）：雲霞蔽日的樣子。
10. 鳴：發出響聲。玉鸞：掛在車前的鈴鐺。啾啾：鈴鐺聲。
11. 發軔：出發。天津：天河的渡口。

12. 西極：西方的盡頭。
13. 翼：敬順的樣子。承：奉。旂：繪有蛟龍的旗子。
14. 翼翼：從容翱翔的樣子。
15. 流沙：傳說中的西部沙漠地區。
16. 遵：遵循。赤水：神話傳說中發源於昆侖山的一條河流。容與：徘徊。
17. 麾：指揮。梁津：在渡口架橋。梁：橋。
18. 詔：命令。西皇：西方之神。涉：渡。
19. 騰：騰越。徑待：在路上戒備。
20. 路：取道。不周：不周山，神話傳說中的山名，在昆侖西北。
21. 西海：傳說中的西方大海。期：約定聚集之地。
22. 屯：聚。千乘：形容車馬眾多。
23. 玉軑（dài）：鑲玉的車輪。
24. 婉婉：龍身曲折的樣子。
25. 雲旗：繪飾有雲霓的旗子。委蛇：旌旗飄動的樣子。
26. 抑志：壓抑心志。弭節：停車。
27. 邈邈：悠遠的樣子。
28. 韶：傳說中舜時的樂舞。
29. 假：借。媮樂：愉樂。
30. 陟：義同升。皇：皇天。赫戲：光明的樣子。
31. 忽：忽然。臨睨：從高處看到。舊鄉：故鄉。
32. 僕夫：隨從之人。懷：懷戀。
33. 蜷（quán）局：馬身弓起不肯向前的樣子。顧：回頭看。

【串講】

第九節大意如下：

靈氛既已告訴我吉利的占辭，選個好日子我將遠行。折下玉樹的枝條做美味，舂細玉屑作乾糧。為我駕起飛龍，用美玉和象牙鑲嵌起我的車子，心思不同怎能合到一起呢，我將遠遠地離去，主動與他們拉開距離。掉轉車子朝昆侖山駛去，道路漫長，我將周遊四方。揚起雲霞的旗幟遮蔽白日，讓車前的鈴鐺啾啾響個不停。

早晨從天河的渡口出發，傍晚到達西方的邊際，鳳凰展翅托起繪有蛟龍的雲旗，在天空高處從容地翱翔。忽然我就行到了這流沙地帶，沿着赤水河緩緩地前進。指揮蛟龍在渡口架起橋樑，命令西皇渡我過赤水。路途遙遠又多艱險，飛騰起眾車在前面保護我的車騎。取道不周山向左行駛，指定西海為我們約聚之地。聚起我們千乘的車輛，對齊了車軸一起前進。駕御起八條蜿蜒曲伸着的飛龍，車載的雲旗隨風翻捲飄動不停。控制住自己激動的心情，讓車子停止前進，我神思飛揚，思緒飛向很遠很遠的地方。奏起《九歌》舞起《韶》，暫且借這一點時光愉樂一下自己。

升上光輝燦爛的高空，忽然低頭瞥見了故鄉，我的僕從悲傷起來，馬兒也心懷眷戀，弓起身子再也不肯前行。

錄自清代門應兆《補繪離騷圖》

【點評】

經過一番思想鬥爭，屈原似乎打定了主意要"遠逝以自疏"，但這仍然只發生在精神的世界裡，是一次精神上的突圍嘗試。在想像中，他又一次駕起了飛龍的車子，轉道奔向了昆侖，在神話的世界裡四處奔波，在經歷了路途的修遠與艱難以後，在一片天庭的樂舞聲中，他想像的車騎升上了一個光明的高度。然而，就是在這時候，忽然看到了家鄉，"僕夫悲余馬懷兮，蜷局顧而不行"，僕從和馬匹都因離鄉而痛苦，這一番神遊最後留下的竟是一個蜷局回望的姿態。昆侖高舉與舊鄉情結，成為《離騷》充滿超越感和責任感的終極關懷所繫，在一派飛翔、歌舞和光明之中，昇華出震撼人心的精神力量。至此，我們才能真正明白《離騷》開頭那一句"帝高陽之苗裔"，對他來説真正意味着些什麼，它在述訴着人生根本之所在。

錄自清代門應兆《補繪離騷圖》

亂曰：已矣哉[1]！國無人莫我知兮[2]，

又何懷乎故都[3]！既莫足與為美政兮[4]，

吾將從彭咸之所居！

【注釋】

1. 亂：本是古代樂歌的尾聲，沿用成辭賦的末章，有總括一篇大意的意思。已矣哉：算了吧。
2. 莫我知：莫知我的倒裝，沒有人瞭解我。
3. 故都：故國之都。
4. 莫足與：不足以。美政：理想的政治。

【串講】

亂辭大意如下：

算了吧，國內沒有人能瞭解我啊，我又何必懷戀這故國之都。既然不足以實現理想的政治，我將去追隨彭咸所過的生活。

【點評】

在經歷了許多的矛盾痛苦，許多的期望失落，以及想像中的灑脱熱鬧之後，《離騷》臨近了它的尾聲。但籠罩在這裡的，卻是一派絕望："國無人莫我知兮，又何懷乎故都！"，留又留不得，走又走不成。"既莫足與為美政兮，吾將從彭咸之所居。"彭咸，這個音影模糊的人物，又一次出現在這裡，我們雖不知他究竟做過些什麼，但他卻無異是屈原心目中的人格典範，從彭咸之所居，也就是像他那樣地生活。就是到最後，屈原也不肯放棄他做

人的原則。這就是他的曲終返本，即是說，《離騷》是始於本，終於本的。

楚辭中的“亂”辭，就像是樂章中的尾歌。篇幅雖然短小，但包含豐富，仿佛凝縮無限的感慨於一聲歎息，現實人生的無奈與命運的悲劇感在這裡交集，言有盡而意無窮，即便掩卷，仍有一種餘音繞樑，嫋嫋不盡的悲愴韻致，剪不斷，理還亂，攪擾着兩千多年中國文人的魂夢，催迫着他們不斷去思考求索。

【九歌】

九 歌

屈原

《九歌》原是流行於楚國南部沅、湘之間的古老巫歌。東漢王逸《楚辭章句》說："《九歌》者，屈原之所作也。昔楚國南郢之邑，沅湘之間，其俗信鬼而好祠。其祠，必作歌樂鼓舞以樂諸神。屈原放逐，竄伏其域，懷憂苦毒，愁思沸郁。出見俗人祭祀之禮，歌舞之樂，其詞鄙陋。因為作《九歌》之曲，上陳事神之敬，下見已之冤結，託之以風諫。故其文意不同，章句雜錯，而廣異義焉。"根據這種說法，屈原是在流放期間，接觸到了一些屬於民間宗教的歌舞，在它們的基礎上，糅進了自己的思想和想像，加工點染，創作出了這些散發着濃郁的楚文化氣息的芬美詩篇。這是巫歌詩人化的帶有里程碑性質的藝術精品。

《九歌》的表現物件，是一個神人雜糅的世界，這裡的所有場面，無一不帶有巫文化的色彩。巫在這裡扮演着一個最為重要的角色，她(他)們常常一身數任，可以同時既是迎神者，又是神靈附體者；既是表演者，又是敘述者。這就給《九歌》的藝術表現帶來了意味豐富的多視角，多聲部特點，許多場面都帶有朦朧幽豔的戲劇性。

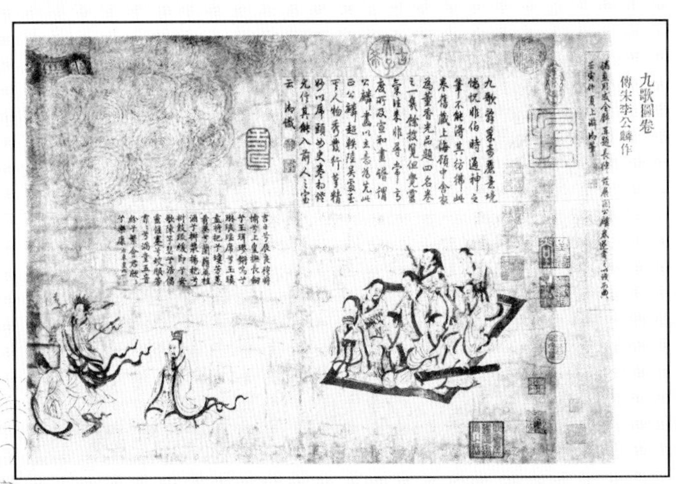

《九歌圖卷·東皇太一》 傳為宋代李公麟作

東皇太一

吉日兮辰良[1]，穆將愉兮上皇[2]。

撫長劍兮玉珥[3]，璆鏘鳴兮琳琅[4]。

瑤席兮玉瑱[5]，盍將把兮瓊芳[6]。

蕙肴蒸兮蘭藉[7]，奠桂酒兮椒漿[8]。

揚枹兮拊鼓[9]，疏緩節兮安歌[10]，

陳竽瑟兮浩倡[11]。

靈偃蹇兮姣服[12]，芳菲菲兮滿堂[13]。

五音紛兮繁會[14]，君欣欣兮樂康[15]。

《九歌圖卷 · 東皇太一》 元代張渥作，近人徐邦達臨

【注釋】

1. 吉日：吉利的日子。辰良：美好的時辰。
2. 穆：肅穆虔誠。將：將要。愉：使愉悅。上皇：即東皇太一。
3. 撫：手握。玉珥（ěr）：鑲玉的劍柄和劍身相接處突出的劍鼻。
4. 璆鏘（qiú qiāng）：佩玉相撞的聲音。琳琅：美玉。
5. 瑤席：華美的坐席。瑤：美玉。玉瑱（zhèn）：玉石的鎮席。
6. 盍：語氣助詞。將：拿着。把：握着。瓊芳：如玉的花枝。
7. 蕙：香草名。肴蒸：古代的一種肉食。藉：墊在菜底的東西。
8. 奠：祭獻。漿：薄酒。
9. 揚：舉起。枹（fú）：鼓槌。拊（fǔ）：擊。
10. 疏緩節：音樂節奏舒緩。節：節拍。安歌：舒緩地唱歌。
11. 陳：陳列。浩：大。倡：同“唱”。
12. 靈：指扮成神靈的巫。偃蹇（yǎn jiǎn）：尊貴的樣子。姣服：漂亮的衣服。
13. 芳：香氣。菲菲：形容香氣瀰漫。
14. 五音：中國古樂分宮、商、角、徵、羽五個音階，也泛指音樂。繁會：錯雜交奏。
15. 君：指東皇太一。欣欣：高興的樣子。樂康：快樂安康。

錄自清代蕭雲從《離騷圖》

《東皇太一》 錄自近人傅抱石《九歌畫冊》

【串講】

《東皇太一》是《九歌》的第一首，祭祀的是楚人心目中的最高天神。歌詞大意如下：

在一個吉日良辰，恭敬虔誠的人們將舉行儀式以取悅東皇太一。主祭的巫師手握鑲玉的長劍，身佩的玉飾相撞叮噹作響。美玉般光潔的坐席用玉石的鎮席壓着邊角，雙手供上美玉般的花朵。蕙草包裹着餚蒸，下面墊着蘭草，祭獻上香美的桂酒和椒漿。揚起鼓槌敲擊大鼓，奏起舒緩的音樂悠然歌唱，陳列在堂前的竽啊瑟啊一類的器樂熱烈地相互應和。扮成神靈的巫師儀容尊貴，服飾漂亮，香氣瀰散，充滿着整個廳堂。各種各樣的音樂交相奏鳴，祝願東皇太一快樂而安康。

【點評】

這是一齣莊嚴肅穆的祭神曲。由於所祭之神的尊貴，整個儀式顯得莊重嚴謹，樂歌的節奏也舒緩悠揚。精美的器具，香潔的供品，端莊的人物，曼妙的歌舞，共同創造了一個華美高貴，熱誠熾烈的人神交接場面。

雲中君

浴蘭湯兮沐芳[1]，華采衣兮若英[2]。

靈連蜷兮既留[3]，爛昭昭兮未央[4]。

搴將憺兮壽宮[5]，與日月兮齊光[6]。

龍駕兮帝服[7]，聊翱遊兮周章[8]。

靈皇皇兮既降[9]，猋遠舉兮雲中[10]。

覽冀州兮有餘[11]，橫四海兮焉窮[12]。

思夫君兮太息[13]，極勞心兮忡忡[14]。

【注釋】

1. 浴：洗澡。湯：熱水。沐：洗頭。芳：即"蘭湯"。
2. 華采：色彩華麗。若英：如花。
3. 靈：神靈，指雲中君。連蜷(quán)：回環縈繞的樣子。留：停留，這裡指神靈附於女巫之體。
4. 爛：燦爛。昭昭：明亮的樣子。未央：未盡，無邊。
5. 搴：發語詞。憺（dàn）：安。壽宮：神堂。
6. 齊光：共放光芒。
7. 龍駕：以龍駕車。帝服：天帝的服飾。
8. 聊：姑且。翱遊：翱翔。周章：周旋舒緩的樣子。
9. 皇皇：同"煌煌"，光彩奪目的樣子。降：降下。

10. 猋（biāo）：急速離去的樣子。舉：飛舉。
11. 覽：看。冀州：古人劃分天下為九州，即冀、兗、青、徐、揚、荊、豫、梁、雍，冀州為九州之首，有時也代指中國。
12. 橫：橫絕，橫越。四海：古人認為中國的四邊都是大海，因而以四海指天下。焉：何。窮：盡。
13. 夫：指示代詞，那個。君：指雲中君。太息：歎息。
14. 勞心：思念。忡忡（chōng）：心神不定的樣子。

【串講】

《雲中君》是祭祀雲神的樂歌，可分三個層次，分別表現降神、扮神和送神的過程。這首祭歌的表現主體是雲神，表現者是祭神的女巫，她既是迎神者，又是神的代表，因而樂歌的視角和口吻不停地變換。一開始是迎神的場面和巫女的自述，接着是對神靈降下情形的描繪，再接下去，是神靈附體後的代神言說，然後是神靈離去後祭神者的想像和懷戀之情。歌詞大意如下：

（祭神的巫女）用散發着蘭花香氣的熱水沐浴，身穿如花美麗的彩衣。神靈如雲霞翻捲而下，光芒燦爛照射無邊。

（巫女代神歌唱）將安居於神堂，像日月一樣放射光芒。駕着飛龍的車子，穿着天帝的服飾，暫且在這兒盤旋飛翔。

（巫女唱）神靈光芒耀眼地降下，忽然又遠遠地飛向雲中。他的目光掃視到中國之外，他的行蹤橫絕四海哪見個盡頭？思念神君呀長長地歎息，心兒怦怦啊最是讓人勞想。

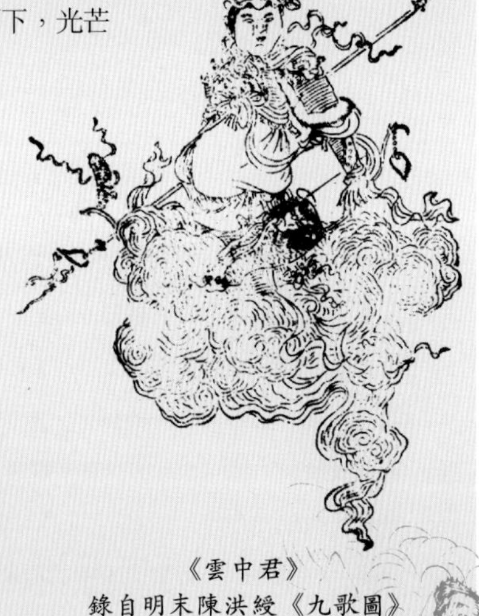

《雲中君》
錄自明末陳洪綬《九歌圖》

【點評】

雲神不像東皇太一那樣尊貴，但他與人們生活的關係更為切近，雲的流動變換帶來的是雨水或陽光，這都是人類最需要的東西。巫女對雲神的期待和思念，表現出的是原始時代人們對於雨水和陽光的期盼，因而取悅雲神也是一件十分重要的宗教儀式。出現在這首詩中的雲神，既帶有雲的自然形象的特點，又帶有神話人物的某種意氣。他忽而"連蜷既留"，"蹇將憺兮壽宮"，忽而"猋遠舉兮雲中"，來去自如，捉摸不定。他出現時，光芒燦爛——"爛昭昭兮未央"，駕着飛龍的車子，穿着天帝的服飾，在神堂之上盤旋飛翔；他離去時，飆然遠舉，"覽冀州兮有餘，横四海兮焉窮"，不知消失在什麼地方。這樣的描寫，自始至終以巫女對他的迎候、想念貫穿起來，使整首詩的情緒氣氛顯得相當錯綜多變而又活潑生動。

錄自清代蕭雲從《離騷圖》

湘君

君不行兮夷猶[1]，蹇誰留兮中洲[2]？

美要眇兮宜脩[3]，沛吾乘兮桂舟[4]。

令沅、湘兮無波[5]，使江水兮安流[6]。

望夫君兮未來[7]，吹參差兮誰思[8]？

駕飛龍兮北征[9]，邅吾道兮洞庭[10]。

薜荔柏兮蕙綢[11]，蓀橈兮蘭旌[12]。

望涔陽兮極浦[13]，橫大江兮揚靈[14]。

揚靈兮未極[15]，女嬋媛兮為余太息[16]！

橫流涕兮潺湲[17]，隱思君兮陫側[18]。

桂櫂兮蘭枻[19]，斫冰兮積雪[20]。

采薜荔兮水中，搴芙蓉兮木末[21]。

心不同兮媒勞[22]，恩不甚兮輕絕[23]。

石瀨兮淺淺[24]，飛龍兮翩翩[25]。

交不忠兮怨長[26]，期不信兮告余以不閒[27]。

朝騁騖兮江皋[28]，夕弭節兮北渚[29]。

鳥次兮屋上[30]，水周兮堂下[31]。

捐余玦兮江中[32]，遺余佩兮澧浦[33]。

采芳洲兮杜若[34]，將以遺兮下女[35]。

時不可兮再得[36]，聊逍遙兮容與[37]。

【注釋】

1. 君：湘君，湘水的水神。夷猶：猶豫。
2. 蹇：發語詞。誰留：為誰而留。中洲：水中小島。
3. 要眇（yāo miǎo）：動人的體態或目光。宜脩：打扮得體。
4. 沛：船行浩盪的樣子。桂舟：桂木船。
5. 沅、湘：流入洞庭湖的兩條河，在湖南省境內。無波：波平浪靜。
6. 江：指長江。安流：平穩地流淌。
7. 夫：語氣助詞。
8. 參差：排簫。誰思：想誰。
9. 飛龍：喻船。北征：北行。
10. 邅（zhān）：轉向，改道。洞庭：洞庭湖。
11. 薜荔柏：用薜荔裝飾着艙壁。薜荔：一種藤本植物，即木蓮。蕙綢：四周纏繞着蕙草。綢：纏繞。
12. 蓀：香草名。橈：船槳。蘭旌：飾有蘭草的旗子。
13. 涔陽：地名。極：最遠處。浦：水邊。
14. 橫：橫渡。揚靈：發出神光。
15. 極：已，終。
16. 女：侍女。嬋媛（chán yuán）：因情緒激動而喘息。
17. 橫流涕：淚水橫流。潺湲：形容淚流不斷。
18. 隱：愁苦。陫側：悲傷的樣子。
19. 桂櫂：用桂木製成的長槳。蘭枻：木蘭製成的短槳。

20. 斫冰兮積雪：這是比喻的說法，用冰喻水，雪喻浪花。斫冰積雪，指划船擊水。斫（zhuó）：砍。
21. 搴：摘取。芙蓉：荷花。木末：樹梢。芙蓉生於水中，薜荔生於陸地，這兩句的意思是說所求非所在，因而不會有結果。
22. 心不同兮媒勞：兩人不同心，媒人空自操勞。
23. 甚：深。輕：容易。絕：絕交。
24. 石瀨（lài）：石上的急流。淺淺（jiān）：流水迸濺的樣子。
25. 飛龍：即湘夫人所乘之船。翩翩：輕捷的樣子。
26. 交：交往，相交。忠：真誠。
27. 期：約會。信：守約。不閑：沒時間。
28. 騁騖（chěng wù）：四處奔走。江皐：江邊。
29. 弭（mǐ）節：停留。渚：水中小洲。
30. 次：停留，棲息。
31. 周：環繞。
32. 捐：拋棄。玦（jué）：佩玉。
33. 澧浦：澧水濱。澧：澧水，流入洞庭湖的河流。浦：水邊。
34. 芳洲：生長着芳草的沙洲。杜若：香草名。
35. 遺：贈送。下女：指湘君的侍女。
36. 時不可兮再得：時光一去不回來。
37. 聊：姑且。容與：意思與逍遙相近，都是安閒自在的樣子，這裡指無可奈何地徘徊。

《湘君》
錄自明末陳洪綬《九歌圖》

【串講】

此篇所祭的湘君和下篇的湘夫人，都是湘水的神靈。相傳舜帝南巡死於蒼梧之野，他的兩個妃子娥皇、女英尋夫到洞庭湖邊，聽說死訊後，南望痛哭，投湘水自殺，後人就以她們為湘水的女神。《九歌》裡的湘君、湘夫人是一對配偶神，在他們的故事中顯然滲入了娥皇、女英的傳說，但湘君、湘夫人卻不一定就是舜及他的二妃，他們更像是一對自然的神靈。民間傳說本來就是一種在不斷添加疊合中豐富着的東西，傳説故事滲入自然神靈的崇拜後，更為它增添了一重撲朔迷離的魅力。

《湘君》、《湘夫人》二篇，相對為歌，表現一對戀人間的深深思慕。《湘君》是思戀湘君的歌，可能由裝飾成湘夫人的巫女來演唱。歌詞大意如下：

你猶猶豫豫不行走，為誰滯留在水中的沙洲？我打扮得體，神態動人，浩浩盪盪駕乘起桂木舟。命令沅湘不要起波浪，讓長江平穩地流。盼望着你啊，你卻沒有來，吹起悠揚的排簫啊還能思念誰呢！

駕着飛龍之舟啊北行，撥轉我的航向啊向着洞庭。薜荔裝飾着艙壁啊蕙草纏繞，蓀草飾槳啊蘭草飾旗。遠望着涔陽遙遠的水邊，橫渡大江而顯靈。顯靈還沒有完呢，就聽見那個女子激動地為我歎息。

淚水橫流啊潺湲不斷，心疼地想你啊悲苦不已。揮動桂木的長槳啊舉起蘭木的短楫，擊打着如冰的水面啊揚起浪花如雪。（但這就像是）在水中採摘薜荔，上樹梢折取荷花。兩心不同啊媒人徒然勞累，恩愛不深啊輕易就將我拋棄。亂石間的激流啊水花飛濺，飛龍之舟啊船行翩翩。相交不忠啊怨思深長，相約不信啊卻對我說沒有空閒。

早晨我奔走在江邊，傍晚停留在北邊的洲渚。鳥兒棲息在屋上，流水環繞在堂下。將我的玉玦拋到江中，將我的佩飾留在澧浦。採來芳洲的杜若，將要把它送給下女。時光一去啊就不回來，暫且逍遙啊徘徊在這裡。

【點評】

這是一曲神的戀歌，但充溢其中的仍是人間愛的間阻和疑慮。説屈原借《九歌》表達了自己久積心中的情愫，應該説不為無據，要不然，《九歌》中為什麼會有這麼多的“不遇”？在《湘君》的一開始，湘夫人就因候人不來而心生疑慮，帶着這種疑慮，她開始了沿着江流的尋求。從後面的表現看，

湘君並沒有為誰而滯留在什麼地方，造成阻隔的只是一種帶點命運意味的路途上的錯失。湘君和湘夫人始終在相互尋找，卻到詩篇結束也沒有相互找得到。這種思念、追求、錯失、等待，形成了一種詩意的張力，愛情大約本來就是這樣美好而又這樣惱人。《湘君》和《湘夫人》的表現方式，帶有沅湘民間情歌對唱的特點，不僅兩篇之間存在着這種相對的關係，每篇的內部也存在着不同的聲音。另外，由於思念的強烈，唱歌者常常處於一種迷幻的狀態，這就常常使我們分不清其中的一些詩句，是湘君的答歌，還是只是湘夫人的想像。但這同時也就為我們提供了更豐富的想像天地，不同的解讀，並不影響到整體詩意的完美，相反倒造成一種撲朔迷離，似真似幻的效果，更增加了這一曲神的戀歌的奇異。

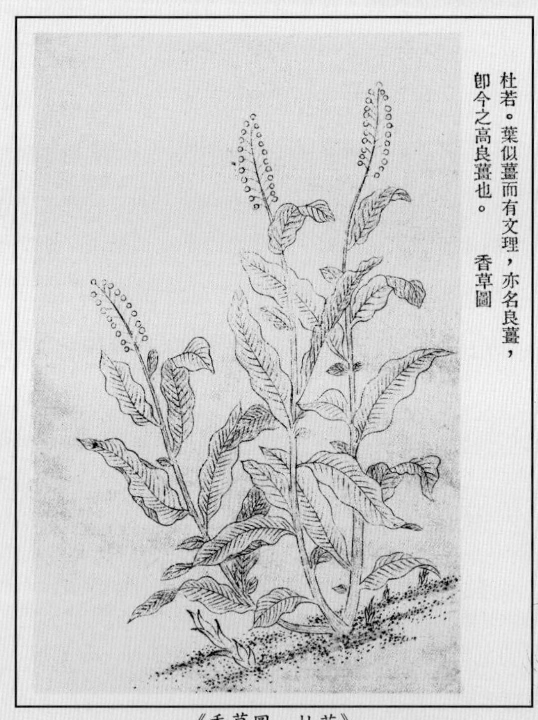

《香草圖 · 杜若》
錄自清代門應兆《補繪離騷圖》

錄自清代蕭雲從《離騷圖》

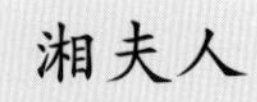

湘夫人

帝子降兮北渚[1]，目眇眇兮愁予[2]。
嫋嫋兮秋風[3]，洞庭波兮木葉下[4]。

登白薠兮騁望[5]，與佳期兮夕張[6]。
鳥何萃兮蘋中[7]？罾何為兮木上[8]？
沅有芷兮澧有蘭，思公子兮未敢言[9]。
荒忽兮遠望[10]，觀流水兮潺湲。

麋何食兮庭中[11]？蛟何為兮水裔[12]？
朝馳余馬兮江皋[13]，夕濟兮西澨[14]。
聞佳人兮召予，將騰駕兮偕逝[15]。

築室兮水中，葺之兮荷蓋[16]。
蓀壁兮紫壇[17]，播芳椒兮成堂[18]。
桂棟兮蘭橑[19]，辛夷楣兮藥房[20]。
罔薜荔兮為帷[21]，擗蕙櫋兮既張[22]。
白玉兮為鎮[23]，疏石蘭兮為芳[24]。
芷葺兮荷屋[25]，繚之兮杜衡[26]。

合百草兮實庭[27]，建芳馨兮廡門[28]。

九嶷繽兮並迎[29]，靈之來兮如雲。

捐余袂兮江中[30]，遺余褋兮澧浦[31]。

搴汀洲兮杜若[32]，將以遺兮遠者[33]。

時不可兮驟得[34]，聊逍遙兮容與。

【注釋】

1. 帝子：湘夫人。傳說是帝堯的女兒。降：降臨。渚：水中的小洲。
2. 眇眇（miǎo）：瞇着眼遠望的樣子。愁予：使我生愁。
3. 嫋嫋（niǎo）：微風吹拂的樣子。
4. 波：泛起波浪。木葉：樹葉。
5. 白薠（fán）：草名。騁望：縱目遠望。
6. 佳：佳人。期：約會。張：張羅，準備。
7. 萃（cuì）：集。蘋：一種水草。
8. 罾（zēng）：魚網。木：樹。
9. 公子：指湘夫人。
10. 荒忽：通"恍惚"，渺茫不清的樣子。
11. 麋：麋鹿。庭：庭院。
12. 蛟：蛟龍。水裔：水邊。
13. 江皋：水邊高地。
14. 濟：渡。澨（shì）：水邊。
15. 騰駕：駕起車子飛馳。偕逝：一同遠去。
16. 葺（qì）：蓋屋。荷蓋：荷葉的屋頂。

《湘君湘夫人》 近人·劉淩滄

17. 蓀：香草名，俗名石菖蒲。紫：指紫貝。壇：庭院。
18. 播：播散。椒：花椒。
19. 桂棟：桂木的樑棟。蘭橑（lǎo）：蘭木的屋椽。蘭：木蘭。
20. 辛夷楣：辛夷木的門楣。辛夷：香木名，又名木筆。楣：門框上的橫木。藥房：白芷裝飾的房子。藥：白芷。
21. 罔：通"網"，編結。帷：帳幕。
22. 擗（pì）：剖開。櫋（mián）：屋檐板。既張：已經鋪排好。
23. 鎮：鎮席，用來壓住坐席邊角的東西。
24. 疏：疏佈。石蘭：蘭草的一種。
25. 芷：白芷。葺：覆蓋。荷屋：荷葉的屋頂。
26. 繚：纏繞。杜衡：香草名。
27. 合：匯集。實：充實。
28. 建：放置。芳馨：香花香草之類。廡（wǔ）：廂房。
29. 九嶷：九嶷山，在今湖南甯遠縣東南。這指九嶷山諸神。繽：眾多的樣子。並：一併。
30. 捐：棄。袂（mèi）：衣袖。
31. 遺：丟棄。褋（dié）：單衣。
32. 搴（qiān）：摘取。汀洲：水中的平地。杜若：香草名。
33. 遺：贈送。
34. 驟得：突然得到。

《湘夫人》
錄自明末陳洪綬《九歌圖》

【串講】

這是湘君思念湘夫人的歌，大概由扮成湘君的男巫演唱。大意如下：

那個天帝的女兒啊降落到了北渚，遠望不清啊使我愁鬱。嫋嫋的秋風吹過，洞庭湖泛起波浪，樹上的葉子紛紛飄落。

登上長滿白薠的山坡縱目遠望，與佳人相約啊從傍晚就開始張羅。鳥兒為什麼聚集在水草間？魚網為什麼掛在樹梢上？沅水邊有芷草啊澧水邊有蘭，思念着她啊未敢開言。恍恍惚惚遠望不見啊，低頭觀看流水潺湲。

麋鹿為什麼來庭中吃草？蛟龍為什麼來到水邊？早晨我放馬信步在江邊，傍晚渡過到水的西岸。聽說佳人在召喚我啊，將和我駕起車子一同遠去。

在水中修一座房子，用荷葉鋪成屋頂。蓀草的牆壁，紫貝的庭院，播撒花椒砌成廳堂。桂木的樑棟，蘭木的屋椽，辛夷木的門楣，白芷裝飾的臥房。編結薜荔製成帷帳，撕開蕙草做成的屋檐板已經鋪張。白玉做的鎮席，擺放四處的石蘭花散發着芬芳。荷葉的屋頂覆蓋上白芷，又在周圍纏繞上杜衡。

彙集百草啊佈滿庭院，散放着香氣的物品堆滿門庭。九嶷山的神靈一起來歡迎，神靈繽紛如彩雲。

將我衣袖丟到江中，將我的單衣留在澧浦。採來汀洲上的杜若，將要把它送給遠方的人兒。時機不可能突然得到，就讓我暫且在這裡徘徊逍遙。

【點評】

仍然是等待，仍然是期盼，仍然是遙遙的望眼。秋風嫋嫋而起，黃葉飄落，洞庭湖泛着微波。“嫋嫋兮秋風，洞庭波兮木葉下”，成為融情於景的千古名句。湘君仿佛遠遠望見湘夫人降到了水中的洲渚，是耶非耶？始終不太分明。折磨過湘夫人的那種錯位感，同樣在折磨着湘君，“鳥何萃兮蘋中，罾何為兮木上？”與前篇的“采薜荔兮水中，搴芙蓉兮木末”，在構思上何其相像！“沅有芷兮澧有蘭，思公子兮未敢言”，愛情的表達難道總是這麼困難？仍然是奔走，仍然是彷徨，仍然是幸福的想像，仍然是欲罷不能的牽掛。“築室兮水中，葺之兮荷蓋。蓀壁兮紫壇……”這是一座水神的新房，沒有龍宮式的富貴華麗，有的只是超塵脱俗的潔淨、芬芳，這裡體現的不正是屈子的美學？

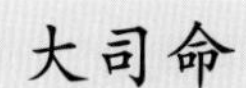

大司命

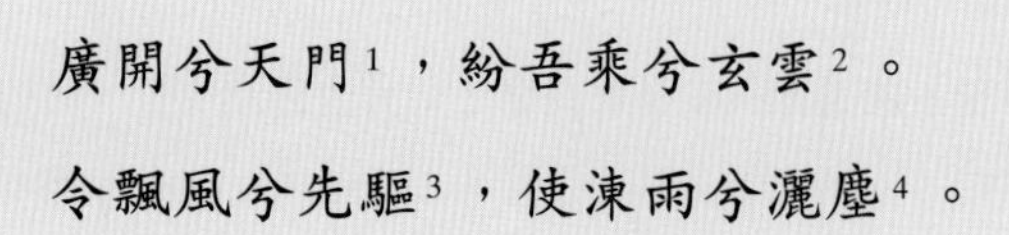

廣開兮天門[1]，紛吾乘兮玄雲[2]。

令飄風兮先驅[3]，使涷雨兮灑塵[4]。

君回翔兮以下[5]，逾空桑兮從女[6]。

紛總總兮九州[7]，何壽夭兮在予[8]！

高飛兮安翔[9]，乘清氣兮御陰陽[10]。

吾與君兮齋速[11]，導帝之兮九坑[12]。

靈衣兮被被[13]，玉佩兮陸離[14]。

壹陰兮壹陽[15]，眾莫知兮余所為。

折疏麻兮瑤華[16]，將以遺兮離居[17]。

老冉冉兮既極[18]，不寖近兮愈疏[19]。

乘龍兮轔轔[20]，高馳兮沖天[21]。

結桂枝兮延佇[22]，羌愈思兮愁人[23]。

愁人兮奈何！願若今兮無虧[24]。

固人命兮有當[25]，孰離合兮可為[26]？

錄自清代蕭雲從《離騷圖》

【注釋】

1. 廣開：大開。
2. 紛：眾多的樣子。玄：黑色。

3. 飄風：旋風。
4. 涷（dōng）雨：暴雨。灑塵：灑水壓塵。
5. 回翔：盤旋。
6. 逾：越過。空桑：神話中的山名。女：同“汝”，指大司命。
7. 總總：眾多的樣子。
8. 壽夭：長壽或短命。
9. 安翔：安閒地飛翔。
10. 清氣：天地間的清明之氣。御：駕馭，掌握。陰陽：陰陽二氣。
11. 齋速：虔誠恭謹的樣子。
12. 導：引導。帝：天帝。之：到。九坑：九州之山。坑（gāng）：通“岡”。
13. 被被：同“披披”，飄動的樣子。
14. 陸離：光彩閃耀。
15. 壹陰兮壹陽：一會兒陰一會兒陽。
16. 疏麻：神麻。瑤華：傳說中的仙花。瑤：白玉。
17. 遺（wèi）：贈送。離居：離居之人。
18. 冉冉：漸漸。極：至。
19. 寖（qīn）近：稍稍接近。疏：疏遠。
20. 轔轔：車聲。
21. 沖天：沖入雲天。
22. 結：採摘捆紮。延佇：久立仰望。
23. 羌：發語詞。愈思：更加思念。
24. 若今：像今天一樣。無虧：無損。
25. 固：本來。人命：人的壽命。有當：有定。
26. 孰：何。離合：指與大司命的離合。

《大司命》
錄自明末陳洪綬《九歌圖》

【串講】

大司命是掌管人的生死壽夭的神靈。歌詞大意如下：

(主巫扮成大司命唱)大開天門，我乘着紛飛的黑雲。令旋風在前開路，讓暴雨灑水壓塵。

(巫唱) 您盤旋飛翔而下啊，我們追隨您越過空桑。(大司命唱) 紛紜的九州眾生啊，為何壽夭生死都要由我來定？

(巫唱)高高地飛啊悠悠地翔，乘着天地的清氣啊駕馭着陰陽。我恭謹虔誠地跟從着您啊，引導天帝到九州的山岡。

(大司命唱)我的神衣飄飄垂垂，玉佩的光彩斑駁陸離。天地間的一陰一陽變化無常，沒有人能懂得啊都是我的作為。

(巫唱)折一枝疏麻啊採一朵瑤華，將要贈它啊給離開的人們。老境漸漸啊已經來臨，不與他親近啊越來越生疏。

(巫唱)乘着轔轔的龍車，高高地飛馳啊沖天而去。紮一束桂枝啊久久地佇立，更加思念他啊使人憂愁。

(巫唱)使人憂愁啊又能怎麼辦呢？但願像今日啊平安無損。人的壽命本來就有一定，誰又能對司命之神的離合有所作為？

【點評】

大司命是主宰人的壽夭生死的神靈，他的出場就帶着一種逼人的氣勢，説話的口吻也與其他神靈不同。天門大開，黑雲滾滾，旋風開道，暴雨灑塵，表現出的都是一個主宰者的氣概，但“紛總總兮九州，何壽夭兮在予”一句，於自負裡卻又透露出一絲迷惘，“壹陰兮壹陽，眾莫知兮余所為”，人的生死壽夭竟取決於一位天神偶然的意志，似乎連大司命也感到有些不可思議。祭神是為了取悦於神，也就是為了延長人的生命，但這個神的意志是不可揣測的，他的來去也沒有人能掌握，因而祭歌的最後還是歸結於一種無可奈何的悵惘，承認“固人命兮有當”，大司命的眷顧既然無人能夠掌握，一切就還只能聽任命運的安排了。

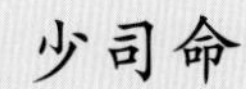

少司命

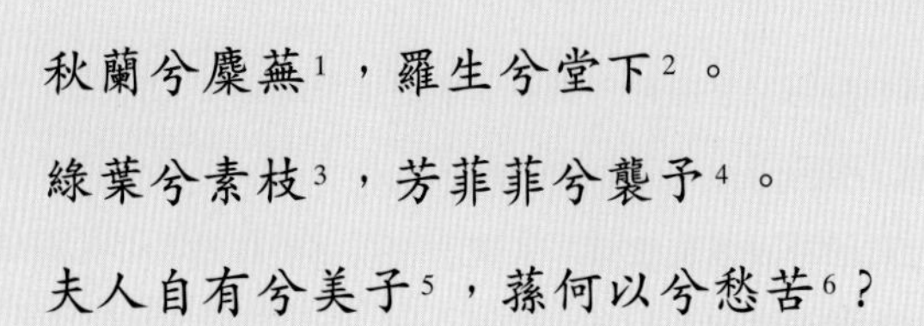

秋蘭兮麋蕪[1]，羅生兮堂下[2]。

綠葉兮素枝[3]，芳菲菲兮襲予[4]。

夫人自有兮美子[5]，蓀何以兮愁苦[6]？

秋蘭兮青青，綠葉兮紫莖。

滿堂兮美人，忽獨與余兮目成[7]。

入不言兮出不辭，乘回風兮載雲旗[8]。

悲莫悲兮生別離[9]，樂莫樂兮新相知[10]。

荷衣兮蕙帶，儵而來兮忽而逝[11]。

夕宿兮帝郊[12]，君誰須兮雲之際[13]？

與女沐兮咸池[14]，晞女髮兮陽之阿[15]。

望美人兮未來，臨風怳兮浩歌[16]。

孔蓋兮翠旍[17]，登九天兮撫彗星[18]。

竦長劍兮擁幼艾[19]，蓀獨宜兮為民正[20]。

【注釋】

1. 秋蘭：秋天開花的蘭草。麋蕪（mí wú）：蘼蕪，香草名，又名芎藭。
2. 羅：遍。
3. 素：白色。枝：當從一本作“花”。
4. 菲菲：香氣濃郁。襲：指侵入嗅覺。
5. 夫：發語詞。美子：好兒女。
6. 蓀：香草名，這裡借指少司命。
7. 忽：忽然，很快的樣子。目成：眉目傳情。
8. 回風：旋風。雲旗：以雲為旗。
9. 生：生生地。
10. 相知：知心之人。
11. 儵（shū）、忽：都是時間極短，迅速的意思。逝：離去。
12. 帝郊：天國的郊野。帝：天帝。
13. 君：指少司命。須：等待。
14. 女：同“汝”。咸池：神話中的天池。
15. 晞（xī）：晾乾。陽之阿：向陽的山灣。
16. 臨風：迎風。怳（huǎng）：失意的樣子。浩歌：大聲歌唱。
17. 孔蓋：孔雀翎毛的車蓋。孔：孔雀。翠旍：翠鳥羽毛的旌旗。翠：翡翠。一種毛色美麗的鳥。旍（jīng）：同“旌”。
18. 彗星：俗稱“掃帚星”，古代傳説彗星出現可以掃除邪惡災病。
19. 竦（sǒng）：持。擁：抱。幼艾：指兒童。
20. 宜：適合。民正：為民作主的人。

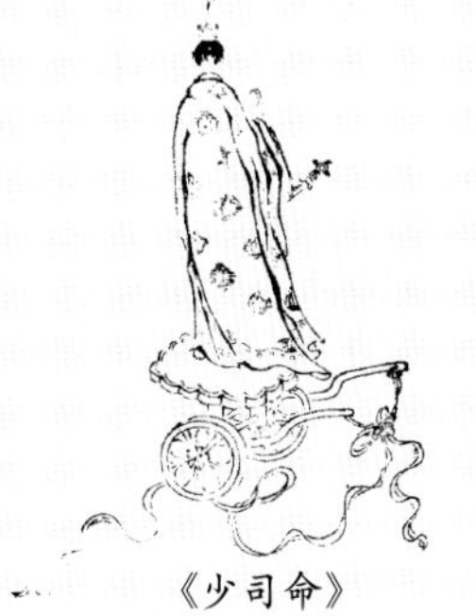

《少司命》
錄自明末陳洪綬《九歌圖》

【串講】

少司命是掌管子嗣和兒童命運的神靈。歌詞大意如下：

秋蘭、蘼蕪，遍生堂下，綠色的葉白色花，香氣菲菲啊侵人肺腑。人們自會有好兒女，你為什麼還要為他們而愁苦？

秋蘭青青，綠色的葉，紫色的莖。滿堂都是美人啊，忽然獨對我以目傳情。

進門不說話啊出門不告辭，乘着旋風啊載着雲旗，悲莫悲啊生別離，樂莫樂啊新相知。

穿荷衣啊佩蕙帶，突然就來了，忽然又走了。傍晚歇息在天帝的城外，你在等待着誰啊在那雲之際？

和你一起在咸池洗頭，晾曬你的頭髮在向陽的山阿。望美人啊她卻沒有來，迎風悵惘啊放聲高歌。

孔雀翎毛的車蓋啊，翠鳥羽毛的旌旗，登上九天啊手把彗星。手持長劍啊懷抱嬰孩，獨有你最當得起為民作主的人。

【點評】

大約所有的原始宗教都曾有過祈求子嗣的儀式，也都有它們掌管生育和兒童健康的神靈，《九歌》中的少司命，就是這樣一位帶給人們幸福的神靈。怎樣才能獲得他的眷顧呢？那些希望懷孕生子的婦女可得動些腦筋。《少司命》一開頭提到的秋蘭蘼蕪，表面看去似乎只是對神堂環境的描寫，實際卻已隱含着一種寓意。蘼蕪又名芎藭，據古籍記載"芎藭味辛溫，主……婦人血閉無子。""蘭有國香，人服媚之，古以為生子之祥"。由此可見，《少司命》中的歌舞，其主要目的在"媚"神，因而，這就是一曲人與神的戀歌。"夫人自有兮美子，蓀何以兮愁苦？""滿堂兮美人，忽獨與余兮目成"，都是要將少司命的注意力吸引到自己的身上來。在迷幻恍惚中，求子者彷彿看到了少司命對自己的注目，看到了他的忽來忽去，甚至聽到他的邀請"與女沐兮咸池，晞女髮兮陽之阿"。雖然只是祭神求子儀式上的歌謠，但這種人神之戀中其實已滲入了真實的愛情經驗與想像，"悲莫悲兮生別離，樂莫樂兮新相知"，這樣深摯的感情表達，誰又能分得清是在對神訴說衷情，還是在表達着另一些更為具體的情感生活體驗？《九歌》中的神神之戀，人神之戀，之所以特別動人，都因為它所表達的不止是一種宗教情感。甚至可以說，它把原始宗教儀式人情化，或把人情神聖化了。

東君

暾將出兮東方[1]，照吾檻兮扶桑[2]。
撫余馬兮安驅[3]，夜皎皎兮既明[4]。

駕龍輈兮乘雷[5]，載雲旗兮委蛇[6]。
長太息兮將上[7]，心低佪兮顧懷[8]。
羌聲色兮娛人[9]，觀者憺兮忘歸[10]。

緪瑟兮交鼓[11]，簫鐘兮瑤簴[12]。
鳴篪兮吹竽[13]，思靈保兮賢姱[14]。
翾飛兮翠曾[15]，展詩兮會舞[16]。
應律兮合節[17]，靈之來兮蔽日[18]。

青雲衣兮白霓裳[19]，舉長矢兮射天狼[20]。
操余弧兮反淪降[21]，援北斗兮酌桂漿[22]。
撰余轡兮高馳翔[23]，杳冥冥兮以東行[24]。

【注釋】

1. 暾（tūn）：朝陽。

2. 檻（jiàn）：欄杆。扶桑：神話傳說中東方日出之處的大樹。
3. 撫：輕輕地拍打。安驅：緩步徐行。
4. 皎皎：明亮的樣子。
5. 輈（zhōu）：車轅。雷：隆隆的車聲。
6. 雲旗：雲彩的旗子。委蛇：飄揚舒捲的樣子。
7. 太息：歎息。上：升起。
8. 低佪：徘徊、流連。顧懷：回顧，懷念，戀戀不捨的樣子。
9. 羌：發語詞。聲色：樂聲和美色。娛人：讓人歡娛。
10. 憺（dàn）：安。
11. 緪（gēng）：緊弦。交鼓：相對擊鼓。
12. 簫："櫹"的假借字，擊。瑤："搖"的假借字。簴(jù)：鐘架。
13. 篪（chí）：一種竹製樂器。
14. 靈保：扮演東君的巫。姱：美好。
15. 翾（xuān）：輕飛的樣子。翠：翡翠鳥。曾：通"翻"，舉起翅膀。
16. 展詩：展誦詩章。會舞：合舞。
17. 應：應合。律：樂律。節：節奏。
18. 靈：神，指東君。
19. 青雲衣兮白霓裳：以青雲為衣，白霓為裳。
20. 矢：箭。天狼：天狼星。
21. 操：持。弧：弧矢。也是天上的星座，九顆星排成弓箭形。反：反身射箭。淪降：墜落。
22. 援：拿起。北斗：北斗七星，形似酒斗。桂漿：桂花酒。
23. 撰：抓住。轡：韁繩。
24. 杳（yǎo）：深遠的樣子。冥冥：幽暗的樣子。

《東君》
錄自明末陳洪綬《九歌圖》

《東君》　錄自近人傅抱石《九歌畫冊》

【串講】

《東君》是祭太陽神的樂歌。開頭一節寫日升，中間寫祭神的歌舞，最後寫日落。歌詞大意如下：

朝陽將升啊東方，照在我的欄杆上啊照亮高高的扶桑。輕拍着我的馬兒啊緩緩出遊，夜色皎皎啊天已放亮。

駕起龍拉的車子，乘着滾滾的雷聲，載着滿天雲霞翻捲的旗子，長歎一聲將要升上高空，心裡留戀啊顧念徘徊。聲色迷人啊，看的人都忘回來。

繃緊瑟弦啊相對擊鼓，猛烈敲鐘啊鐘架搖動。吹起篪，吹起竽，思戀神君啊賢良美好。舞姿輕妙啊像翠鳥翩飛，展誦詩章啊一起跳舞。應着旋律啊合着節拍，神靈降臨啊遮天蔽日。

青雲衣啊白霓裳，舉長箭啊射天狼。操着我的木弓啊回身向下降，拿起北斗啊飲酒漿。抓住我的馬韁啊高高地飛翔，乘着幽暗的夜色啊返回東方的扶桑。

楚辭選

【點評】

太陽的東升西降是自然界最壯麗的景觀，太陽的溫熱和光明也最和人們的生活相關，祭祀太陽神的儀式自然應該格外隆重莊嚴。

《東君》一開篇，先從太陽的上升寫起："暾將出兮東方，照吾檻兮扶桑"，朝陽從東方升起來了，它的光線最先照到的，卻是太陽神自己的屋門和他門前的扶桑樹。這是一個神話的境界，但透映的卻是人間生活，那門前溫暖的陽光，扶桑樹梢頭明亮的光線，不就是人們日常所見到的東西嗎？"撫余馬兮安驅，夜皎皎兮既明"，一種平和安詳的節奏，暗示出人們對和平安定生活的嚮往。"駕龍輈兮乘雷，載雲旗兮委蛇"，第二節的描寫更多了一些神奇的色彩，從滿天雲霞翻捲的旗子中，我們看到了太陽的自然形態和他的神格的一種交融。作為神的太陽也是有意志，有感情的，它彷彿也在留戀着人間的歡樂，娛神的歌舞使他流連忘返，"長太息兮將上，心低佪兮顧懷。羌聲色兮娛人，觀者憺兮忘歸。"還未看到歌舞的場面，我們就看到了一種效果，這不就是祭神者所要追求的嗎？太陽的行進也就是時間的行進，留住太陽也就是留住時間，留住生命，屈原的作品中多次寫到"時不可以淹"，在祭東君的這種場面中，是否也有一些對於生命永恆的期盼，很值得仔細回味。

詩的第三節寫歌舞的熱烈場面。第四節又回到太陽的運行，但充滿了神話意味，天狼、弧矢、北斗，這些天上的星名，都化成了真實的形象，而太陽神的一舉一動，也充滿了英雄般的陽剛之氣。這種神話想像，深遠地影響了後世藉天象抒情的詩詞想像。

錄自清代蕭雲從《離騷圖》

河伯

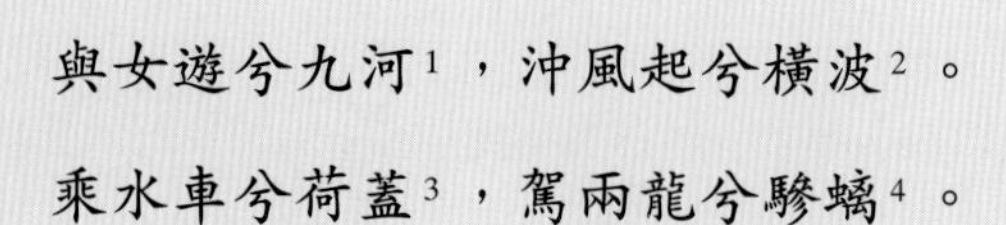

與女遊兮九河[1]，沖風起兮橫波[2]。

乘水車兮荷蓋[3]，駕兩龍兮驂螭[4]。

登昆侖兮四望[5]，心飛揚兮浩蕩。

日將暮兮悵忘歸[6]，惟極浦兮寤懷[7]。

魚鱗屋兮龍堂[8]，紫貝闕兮朱宮[9]。

靈何為兮水中[10]？乘白黿兮逐文魚[11]，

與女遊兮河之渚[12]，流澌紛兮將來下[13]。

子交手兮東行[14]，送美人兮南浦[15]。

波滔滔兮來迎，魚鄰鄰兮媵予[16]。

【注釋】

1. 女：同“汝”。九河：黃河的總稱。
2. 沖風：大風。橫波：波濤橫湧。
3. 水車：可以在水中行駛的車子。荷蓋：用荷葉作車蓋。
4. 驂螭：用螭龍作驂馬。驂（cān）：車轅兩側的馬。
5. 昆侖：昆侖山，古人想像中的黃河源頭。
6. 悵：惆悵。

7. 惟：思。極浦：遙遠的水邊。寤懷：寤寐懷思，醒裡夢裡都在想。
8. 魚鱗屋：魚鱗蓋成的屋子。龍堂：龍鱗的廳堂。
9. 紫貝闕：紫貝殼的門樓。闕：城門兩邊的樓台。朱宮：紅色的宮殿。
10. 靈：河伯。
11. 黿（yuán）：大鱉。逐：追隨。文魚：有斑紋的魚。
12. 渚：水中的小塊陸地。
13. 流澌：流水，或說是解凍後的冰水。紛：眾多的樣子。
14. 子：您，指河伯。交手：握手。
15. 美人：河伯的戀人。浦：水邊。
16. 鄰鄰：一個挨一個的樣子。媵（yìng）：古代陪嫁的女子，這裡是陪伴的意思。

錄自清代蕭雲從《離騷圖》

【串講】

《河伯》祭祀的是黃河的水神。歌詞大意如下：

和你一同暢遊啊九流歸海的黃河，暴風吹起啊水揚橫波。乘着行駛水中的車子啊荷葉作成車蓋，駕馭着兩條龍啊驂馬用螭，登上昆侖啊放眼四望，意氣飛揚啊情思浩盪。白日將暮啊惆悵忘歸，思念着那遙遠的水邊啊醒裡夢裡都不忘懷。

魚鱗蓋成的屋子啊龍鱗的廳堂，紫貝的門樓啊紅色的宮牆。神靈在水中都做些什麼？乘着白鼉啊追逐着五彩斑斕的魚。與你一同暢遊啊河中的沙渚，解凍的冰水啊將要流下來。

和你拉着手兒向東行，送別美人啊在南浦。波浪滔滔啊來迎接，魚兒挨挨擠擠啊陪送着我。

《河伯》
錄自明末陳洪綬《九歌圖》

【點評】

在《九歌》各篇中，《河伯》的戀愛，氣氛較為歡快。"與女遊兮九河，沖風起兮橫波"，詩篇一開始，戀人們就在享受暢遊的快樂。迎着暴風，乘着洶湧的波濤，駕着行駛水上的龍車，他們一直來到傳說中的黃河源頭，"登昆侖兮四望，心飛揚兮浩蕩"，遊興淋漓處又暗暗生出一絲悵惘，"日將暮兮悵忘歸，惟極浦兮寤懷"。身在河源，又想像着那遙遠的水邊——那或許是黃河入海的地方吧。接下去的描寫直到篇末，不時讓我們感覺，仿佛走進了現代海洋館的某個地方，那魚鱗的屋子、龍鱗的廳堂、紫貝的門樓、紅色的宮牆，嬉逐的白鼉、五彩的游魚，還有魚兒們成群結隊的樣子，都仿佛是我們透過一堵玻璃牆看到的熱帶水底世界。

山鬼

若有人兮山之阿[1]，被薜荔兮帶女蘿[2]。

既含睇兮又宜笑[3]，子慕予兮善窈窕[4]。

乘赤豹兮從文狸[5]，辛夷車兮結桂旗[6]。

被石蘭兮帶杜衡[7]，折芳馨兮遺所思[8]。

余處幽篁兮終不見天[9]，路險難兮獨後來[10]。

表獨立兮山之上[11]，雲容容兮而在下[12]。

杳冥冥兮羌晝晦[13]，東風飄兮神靈雨[14]。

留靈脩兮憺忘歸[15]，歲既晏兮孰華予[16]？

采三秀兮於山間[17]，石磊磊兮葛蔓蔓[18]。

怨公子兮悵忘歸[19]，君思我兮不得閒[20]。

山中人兮芳杜若[21]，飲石泉兮蔭松柏[22]。

君思我兮然疑作[23]。

雷填填兮雨冥冥[24]，猨啾啾兮狖夜鳴[25]。

風颯颯兮木蕭蕭[26]，思公子兮徒離憂[27]。

【注釋】

1. 若：好像，似乎。阿（ē）：山灣裡。
2. 被：同“披”。薜荔（bì lì）：蔓生植物，即木蓮。女蘿：地衣類植物，即松蘿。
3. 含睇（dì）：含情斜視。宜笑：笑起來好看。
4. 子：你。慕：愛慕。予：我。善窈窕：善於作嬌美的姿態。窈窕：美貌的樣子。
5. 文狸：有花紋的野貓。
6. 辛夷車：辛夷木的車子。辛夷：即木蘭。結：繫結。桂旗：桂樹枝紮成的旌旗。
7. 石蘭：香草名。杜衡：香草名。
8. 折：折取。芳馨：香花香草。遺：贈。所思：所思念的人。
9. 幽篁：幽深的竹林。終：始終。
10. 後來：遲到。
11. 表：突出的樣子。
12. 容容：雲氣浮動的樣子。
13. 杳：深遠的樣子。冥冥：幽暗的樣子。羌：語氣助詞。晝晦：白天昏暗。
14. 飄：吹動的樣子。雨：下雨。
15. 靈脩：指山鬼的戀人。憺：安閒的樣子。
16. 歲：年歲。晏：晚。孰華予：誰能讓我再青春年少呢？
17. 三秀：芝草。一年開三次花，故稱三秀。
18. 磊磊：亂石堆積的樣子。葛：葛藤。蔓蔓：蔓延爬伸的樣子。
19. 公子：山鬼的戀人。悵：惆悵。
20. 閒：空閒。
21. 山中人：山鬼自稱。杜若：香草名。
22. 石泉：山石中流出的泉水。蔭松柏：以松柏遮蔽陽光雨露。

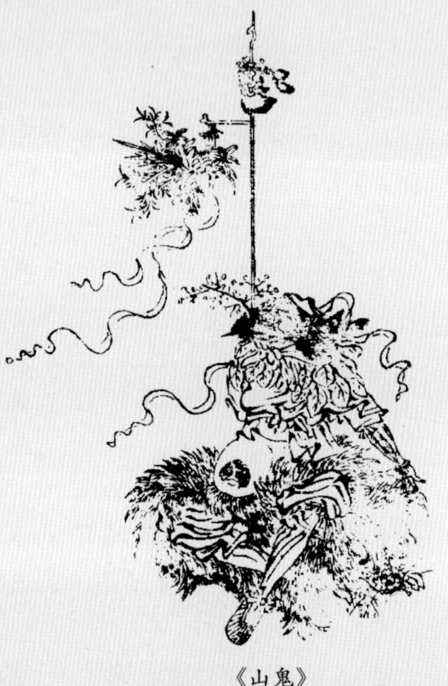

《山鬼》
錄自明末陳洪綬《九歌圖》

23. 疑作：生疑。

24. 填填：雷聲。

25. 猨：同“猿”。啾啾：叫聲。狖（yòu）：長尾猿。

26. 颯颯：風聲。蕭蕭：風搖樹木聲。

27. 離：通“罹”，遭受。

《山鬼》 近人·吳光宇

【串講】

《山鬼》祭祀的是山間的神靈。歌詞大意如下：

恍惚有個人啊在那山灣裡，披掛着薜荔啊纏帶着女蘿。美目含情啊笑貌迷人，你戀慕着我啊姿態姣好。

乘着赤豹啊跟着花狸，辛夷木的香車啊桂枝的旗。披掛着石蘭啊佩戴着杜衡，折一枝香花啊送給思念中的人。我住在深深的竹林裡啊總見不着天空，道路險難啊獨自來遲。

醒目地站立在高山之上，流雲容容啊在我之下。天色深幽啊白日昏暗，東風飄送啊神靈下雨。等待着我的心上人啊忘記了回去，年歲已晚啊誰能給我再一次青春美麗。

採摘芝草啊在山間，亂石磊磊啊葛藤蔓蔓。心怨公子啊悵然忘歸，你思念着我啊難道總沒空閒？山中的人啊芬美像杜若，飲的是清泉啊遮蔭的是松柏。説是你想念着我啊，禁不住又生疑。

雷聲隆隆啊陰雨冥冥，猿聲啾啾啊深夜狖鳴。風聲颯颯啊樹木蕭蕭，思念公子啊徒然憂愁。

【點評】

山鬼是什麼神，現在已沒有什麼人能完全説得清，從詩裡看，她只是一個居住在山間的精靈，地位似乎並不怎麼高貴，卻格外美麗多情。詩人在這裡要表現的，與其説是諸神威懾人間的神聖感，不如説是纏綿悱惻的人情味，以及清新直率的民俗野性活力。從山鬼的出場和她居住的環境看，她的存在應該是帶有原始意味的山林神秘的一部分。“若有人兮山之阿”，迷離恍惚，若有若無，像希臘神話中的林澤仙女，她的蹤迹總是透着一些神秘。她的服飾儀從，也帶有自然神靈的明顯特徵：“……被薜荔兮帶女蘿……乘赤豹兮從文狸……”但林澤仙女們似乎總是成群地出現，快樂地舞蹈，而我們的山鬼，生活中更多一些孤寂。她住在山林的最幽深處，而且也沒有什麼同伴，“余處幽篁兮終不見天，路險難兮獨後來”。正因如此，她也就更加嚮往着人間的愛情和歡樂。但她又似乎總是處於愛情的等待之中，就是在這種等待中，她的青春年華悄悄流逝，她的心境也更苦惱寂寞。

《山鬼》　近人·徐悲鴻

國殤

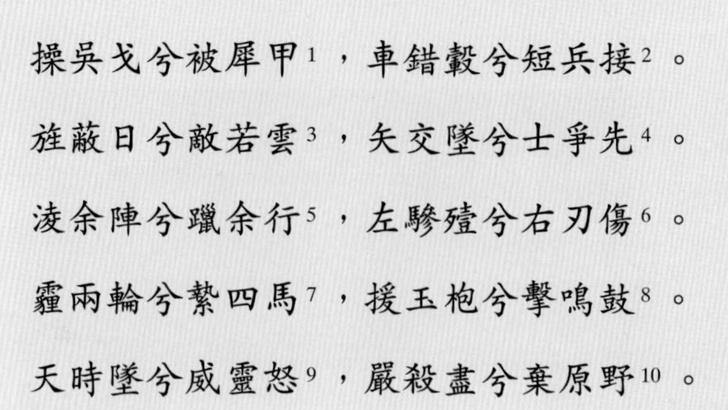

操吳戈兮被犀甲[1]，車錯轂兮短兵接[2]。

旌蔽日兮敵若雲[3]，矢交墜兮士爭先[4]。

淩余陣兮躐余行[5]，左驂殪兮右刃傷[6]。

霾兩輪兮縶四馬[7]，援玉枹兮擊鳴鼓[8]。

天時墜兮威靈怒[9]，嚴殺盡兮棄原野[10]。

出不入兮往不反[11]，平原忽兮路超遠[12]。

帶長劍兮挾秦弓[13]，首身離兮心不懲[14]。

誠既勇兮又以武[15]，終剛強兮不可凌[16]。

身既死兮神以靈[17]，子魂魄兮為鬼雄[18]。

【注釋】

1. 操：持。吳戈：吳地所產之戈。戈：一種兵器。被：同“披”。犀甲：犀牛皮製作的鎧甲。
2. 錯：交錯。轂(gǔ)：車輪中心安裝車軸的地方。短兵：刀劍一類的短兵器。接：交接，交鬥。
3. 旌 (jīng)：旌旗，一種頂端裝飾有羽毛的旗幟。蔽日：遮蔽了陽光。

《國殤》
錄自明末陳洪綬《九歌圖》

若雲：如雲，形容眾多。

4. 矢：箭。交墜：雙方箭矢交相墜落。士：戰士。
5. 躐（liè）：踐踏。行：行列。
6. 左驂：左邊的驂馬。殪（yì）：死。右：右邊的驂馬。刃傷：為兵刃所傷。
7. 霾（mái）：同“埋”。縶：絆住。
8. 援：拿着。玉枹：嵌玉的鼓槌。枹（fú）：鼓槌。鳴：聲音響亮。
9. 天時：指日月星辰。墜：墜落。一說墜通“懟”，怨恨的意思。威靈：神靈。
10. 嚴：酷烈。
11. 反：同“返”。
12. 忽：遙遠廣闊的樣子。超遠：遙遠。
13. 挾：用胳膊夾住。秦弓：秦地產的弓，良弓。
14. 懲：悔。
15. 誠：誠然，確實。
16. 淩：侵犯。
17. 神：成神。靈：靈驗。
18. 鬼雄：鬼中的雄傑。

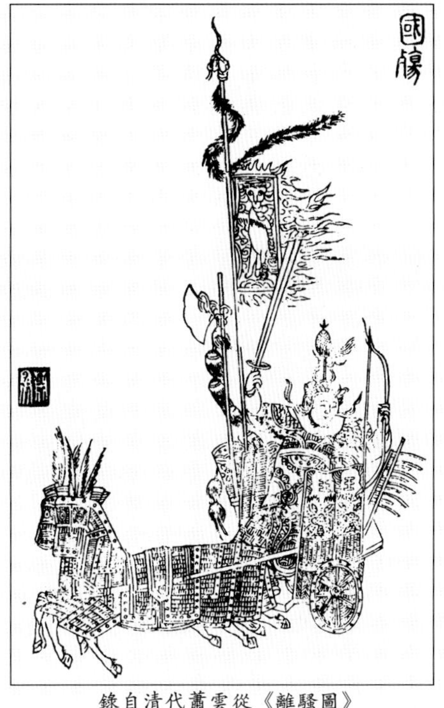

錄自清代蕭雲從《離騷圖》

【串講】

《國殤》祭祀的是為國捐軀的戰士。歌詞大意如下：

手持吳戈啊身披犀甲，戰車交錯啊短兵相接。旌旗蔽日啊敵兵若雲，箭矢交墜啊士卒爭先。

敵人侵入了我們的戰陣啊踐踏着我們的行列，左邊的驂馬死了啊右邊的又受了刀傷。埋住兩輪啊絆住四馬，拿起嵌玉的鼓槌啊擊起響亮的戰鼓。上

天怨憤啊神靈發怒，嚴酷地殺盡啊棄屍原野。

出門不入啊去而不返，平原茫茫啊路途遙遠。身帶長劍啊臂挾秦弓，首身分離啊心無悔恨。真正是既勇敢啊又英武，至死剛強啊不可欺凌。肉體雖已死去啊精神永存，你的魂魄啊是鬼中的英雄。

【點評】

《國殤》歌頌的是為國捐軀的戰士，因而它的風格也與《九歌》其他各篇絕然不同，一掃前面各篇戀歌的纏綿怨悱的氣息，它的格調變得悲壯激烈。作品一開始就描繪出一幅慘烈的戰爭場面："操吳戈兮被犀甲，車錯轂兮短兵接。旌蔽日兮敵若雲，矢交墜兮士爭先。"但戰爭的形勢並不利於我方，敵人很快就突破了我們的防線，一場殊死搏鬥的結果，是原野上留下了一片戰死者的遺屍。作品的後半，抒情語氣加重，開始對戰死者的憑弔，英雄們雖然死了，但他們的精神卻永遠感動着人們，他們的氣概也不因首身分離而減損分毫。因此，此詩當得一篇堅毅勇武的戰魂頌。

《國殤》 近人·潘挈茲

禮魂

成禮兮會鼓[1]，傳芭兮代舞[2]。

姱女倡兮容與[3]。

春蘭兮秋菊，長無絕兮終古[4]。

【注釋】

1. 成禮：祭禮完畢。會鼓：鼓樂齊作。
2. 芭（bā）：通"花"。代舞：輪流跳舞。
3. 姱女：美女。倡：領唱。容與：從容的樣子。
4. 無絕：不斷。終古：永遠。

【串講】

《禮魂》是《九歌》的最後一曲，也是祭祀活動臨近結束時的送神曲。詩意大體如下：

祭禮告成啊一齊擊鼓，傳遞着鮮花啊輪流跳舞。美麗的巫女領唱啊有着從容的風度。春天的蘭花啊秋天的菊，長相供養啊永無絕。

【點評】

祭禮既完，送神的歌舞就無須太長。《禮魂》只是簡簡單單描繪了一下鼓樂、舞蹈與祭神者的意願，它的句式也比前面各詩變得更為簡單。"成禮兮會鼓，傳芭兮代舞"，兩字一頓的節奏，本身就像儀式結束時的鼓點，鏗鏘、明快。"姱女倡兮容與"，從句式到語意都更顯悠徐。"春蘭兮秋菊，

長無絕兮終古”，所有的祭禮都完成了，歌舞也結束了，但仍有一種嫋嫋不絕的餘韻，縈迴在亙古的時空裡。

錄自清代蕭雲從《離騷圖》

【九章】

九章（選五）

屈原

《九章》是屈原寫於不同時期的九篇詩歌的總稱。《九章》中的詩作原是各自成篇的，只是到了漢人整理屈原作品時，才加上了這樣一個總標題，所謂“九章”，也就是詩九篇的意思。今傳《九章》依次是：《惜誦》、《涉江》、《哀郢》、《抽思》、《懷沙》、《思美人》、《惜往日》、《橘頌》、《悲回風》。這些詩篇的創作時間跨度相當大，表現內容和風格也有一些差異，但總體上可以看作是屈原生命史的一種藝術結晶，是屈原創作中最富有個人性、即時性和多樣性的作品。

涉江

余幼好此奇服兮[1]，年既老而不衰[2]。

帶長鋏之陸離兮[3]，冠切雲之崔嵬[4]，

被明月兮珮寶璐[5]，

世溷濁而莫余知兮，吾方高馳而不顧[6]。

駕青虬兮驂白螭[7]，吾與重華遊兮瑤之圃[8]。

登昆侖兮食玉英[9]，與天地兮同壽，

與日月兮齊光。

哀南夷之莫吾知兮[10]，旦余濟乎江湘[11]。

乘鄂渚而反顧兮[12]，欸秋冬之緒風[13]。

錄自清代門應兆《補繪離騷圖》

步余馬兮山皋[14]，邸余車兮方林[15]。

乘舲船余上沅兮[16]，齊吳榜以擊汰[17]。

船容與而不進兮[18]，淹回水而凝滯[19]。

朝發枉陼兮[20]，夕宿辰陽[21]。

苟余心其端直兮，雖僻遠之何傷！

入漵浦余儃佪兮[22]，迷不知吾所如[23]。

深林杳以冥冥兮[24]，乃猿狖之所居[25]。

山峻高以蔽日兮，下幽晦以多雨[26]。

霰雪紛其無垠兮[27]，雲霏霏而承宇[28]。

哀吾生之無樂兮，幽獨處乎山中[29]。

吾不能變心而從俗兮[30]，固將愁苦而終窮[31]。

接輿髡首兮[32]，桑扈臝行[33]。

忠不必用兮[34]，賢不必以[35]。

伍子逢殃兮[36]，比干菹醢[37]。

與前世而皆然兮[38]，吾又何怨乎今之人！

余將董道而不豫兮[39]，固將重昏而終身[40]。

亂曰：

鸞鳥鳳皇，日以遠兮[41]。

燕雀烏鵲[42]，巢堂壇兮[43]。

露申辛夷[44]，死林薄兮[45]。

腥臊並御[46]，芳不得薄兮[47]。

陰陽易位[48]，時不當兮。

懷信侘傺[49]，忽乎吾將行兮[50]。

【注釋】

1. 幼：自幼，從小。好：喜愛。奇服：奇異的服飾。
2. 衰：減退。
3. 長鋏（jiá）：長劍。陸離：長長的樣子。
4. 冠：戴帽子。切雲：形容帽子之高，好像夠得着雲彩。崔嵬：高聳的樣子。
5. 被：披。明月：明月之珠。珮：佩戴。寶璐：貴重的玉石。璐（lù）：美玉。
6. 方：將。高馳：遠行。
7. 虯（qiú）：無角龍。驂：駕車時轅馬兩邊的驂馬，這裡作動詞。螭（chī）：龍的一種。
8. 重華：舜的名字。瑤之圃：仙境。
9. 昆侖：神話傳説中的大山，神仙居住的地方。玉英：玉樹的花朵。
10. 哀：悲歎。南夷：南方土著部族。
11. 濟：渡。江湘：長江和湘水。
12. 乘：登。鄂渚：地名。在今湖北武昌。
13. 欸：歎息。緒風：餘風。
14. 步：緩行。山皋：靠水的山坡。
15. 邸（dǐ）：停靠。方林：地名。
16. 舲（líng）船：有窗的船。上：上行。沅：沅水，在今湖南西部的一條河流。

17. 齊：同時舉起。吳榜，船槳。汰：水波。
18. 容與：徘徊緩慢的樣子。
19. 淹：滯留。回水：回流。凝滯：停留。
20. 發：出發。枉陼：地名，在今湖南常德。
21. 辰陽：地名。在今湖南辰溪縣西。
22. 漵浦：漵水之濱。漵水在今湖南，是沅水的支流。儃佪（chán huí）：徘徊不前的樣子。
23. 迷：迷惑。如：往。
24. 杳：深幽。冥冥：昏暗的樣子。
25. 狖（yòu）：長尾猴。
26. 幽晦：幽暗。
27. 霰（xiàn）：雪珠。紛：紛紛。垠：邊際。
28. 霏霏：雲霧瀰漫的樣子。承宇：連天。承：接。宇：天宇。
29. 幽獨：幽居獨處。
30. 從俗：順從時俗。
31. 固：本來。終窮：至死窮困。
32. 接輿：春秋楚人，佯狂避世，曾對孔子作歌以諷世。髡（kūn）首：剃光頭髮。髡首在古代是一種刑罰，接輿髡首可能是佯狂的一種表現。
33. 桑扈（hù）：人名，生平事迹不詳。臝行：赤身行走。臝：同"裸"。
34. 必：一定。
35. 以：用。
36. 伍子：伍子胥，春秋楚人，後入吳，為吳國的霸業作出了重要貢獻，因吳王夫差聽信讒言，被逼自殺。逢殃：遇禍。
37. 比干：殷末賢臣，因直諫被紂王殺害，死後被剖心。菹醢（zū hǎi）：一種酷刑，把人剁成肉醬。
38. 與：舉，全。然：這樣。
39. 董道：守正道。豫：猶豫。
40. 重昏：重重昏暗。
41. 日以遠：一天天地遠去。
42. 燕雀烏鵲：燕子、麻雀、烏鴉、喜鵲一類的小鳥。

43. 巢：做巢，搭窩。堂：殿堂。壇：祭壇。

44. 露申：香花名。辛夷：即玉蘭花。

45. 林薄：樹叢雜草。

46. 腥臊：惡臭污濁的東西。御：用。

47. 薄：近。

48. 陰陽易位：天地之氣逆行，時令不暢。

49. 懷信：懷抱忠信。侘傺（chà chì）：悵惘失意的樣子。

50. 忽：恍惚，茫然的樣子。

【串講】

《涉江》是一首紀行詩，記述屈原南渡長江，溯沅水而上到達漵浦的一段經歷和途中的感悟與憂憤。全詩大意如下：

我自幼喜歡這奇異的服飾啊，年紀已老而趣味不衰。佩帶着陸離的長劍啊，頭戴着高聳的切雲冠。披掛着明月之珠啊，佩戴着寶璐。世道混亂污濁沒有人瞭解我啊，我將遠遠地離開而不顧。駕起青色的虬龍啊以白螭為驂，我和帝舜同遊啊在瑤圃。登上昆侖山啊品嘗玉樹的花朵，與天地同壽啊，與日月齊光。哀歎南夷沒有人知道我啊，早晨我渡過了長江和湘水。

登上鄂渚回頭觀看啊，在秋冬之際的餘風中慨然悲歎。讓我的馬兒緩步在水邊的山坡啊，讓我的車子停留在方林。乘着有窗子的小船我順着沅水上行啊，一齊舉起船槳擊打水波。船兒徘徊不肯前進啊，停在漩渦中，動也不動。早晨從枉陼出發，晚上住在辰陽。只要我的心地正直啊，就是身處僻遠又有什麼妨害呢。

進入漵浦我心意彷徨啊，迷惘無措不知我此行將去哪裡。深林幽杳一片陰暗啊，這是猿猴們居住的地方。山峰高峻遮天蔽日啊，山下幽暗而多雨。霰雪飄飛無邊無際啊，陰雲瀰漫連天接地。哀憐我活着沒有多少歡樂啊，幽僻地獨居在山中。我不能改變心志順隨世俗啊，原本就要愁苦而一生窮困。

高士接輿剃髮佯狂啊，桑扈裸身而行。忠誠不一定被重用啊，賢良不一定被任命。伍子胥遭了殃啊，比干被砍成肉醬。自前代以來都是這樣啊，我又有什麼可以怨恨今天的人。我將堅守正道而不猶豫啊，本來就要遇到重重昏暗艱難一生。

亂辭：

鸞鳥鳳皇，一天天遠離啊，燕雀烏鵲，築巢在殿堂祭壇。露申辛夷，枯死在樹叢雜草裡，腥臊之物都得進用，芳香之物不得靠近。陰陽顛倒了位置，時令不正，懷抱忠信悵惘失意，神思恍惚我將遠行。

【點評】

《涉江》記述的，是屈原流放江南歲月的一個片段。通過渡江溯沅而至漵浦這一段旅程的描寫，在抒寫憂憤的同時，他也為我們描繪了一幅江南山川的幽深圖景，對後世山水文學發生了不小的影響。"深林杳以冥冥兮，乃猿狖之所居。山峻高以蔽日兮，下幽晦以多雨。"這種幽邃峭拔的景觀，既是自然環境的寫實，也是屈原心境的一種投射。從整篇來看，這裡表現的仍然是一種高潔人格與世俗社會的衝突，以及他那種堅守正道，無怨無悔的情操。從這一點看，詩中一再寫到的路途的險難，船行的不進，旅程的迷惘，都於寫實之外具有了一種象徵意味。"哀吾生之無樂兮，幽獨處乎山中"，就是在這外在的與內在的孤獨困苦中，作品成功地突出了人格堅守的意義。

哀郢

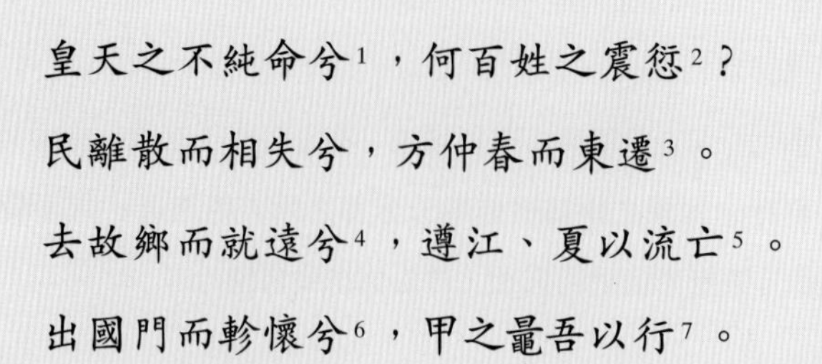

皇天之不純命兮[1]，何百姓之震愆[2]？
民離散而相失兮，方仲春而東遷[3]。
去故鄉而就遠兮[4]，遵江、夏以流亡[5]。
出國門而軫懷兮[6]，甲之鼂吾以行[7]。

發郢都而去閭兮[8]，荒忽其焉極[9]？
楫齊揚以容與兮[10]，哀見君而不再得。
望長楸而太息兮[11]，涕淫淫其若霰[12]。
過夏首而西浮兮[13]，顧龍門而不見[14]。
心嬋媛而傷懷兮[15]，眇不知其所蹠[16]。
順風波以從流兮[17]，焉洋洋而為客[18]。
淩陽侯之氾濫兮[19]，忽翱翔之焉薄[20]？
心絓結而不解兮[21]，思蹇產而不釋[22]。
將運舟而下浮兮[23]，上洞庭而下江。
去終古之所居兮[24]，今逍遙而來東。

羌靈魂之欲歸兮[25]，何須臾而忘反[26]！
背夏浦而西思兮[27]，哀故都之日遠[28]。

登大墳以遠望兮[29]，聊以舒吾憂心[30]。

哀州土之平樂兮[31]，悲江介之遺風[32]。

當陵陽之焉至兮[33]，淼南渡之焉如[34]？

曾不知夏之為丘兮[35]，孰兩東門之可蕪[36]？

心不怡之長久兮[37]，憂與愁其相接。

惟郢路之遼遠兮[38]，江與夏之不可涉。

忽若去不信兮[39]，至今九年而不復。

慘鬱鬱而不通兮[40]，蹇侘傺而含感[41]。

外承歡之汋約兮[42]，諶荏弱而難持[43]。

忠湛湛而願進兮[44]，妒被離而鄣之[45]。

堯、舜之抗行兮[46]，瞭杳杳而薄天[47]。

眾讒人之嫉妒兮，被以不慈之偽名。

憎愠惀之脩美兮[48]，好夫人之忼慨[49]。

眾踥蹀而日進兮[50]，美超遠而逾邁[51]。

亂曰：曼余目以流觀兮[52]，冀壹反之何時[53]？

鳥飛反故鄉兮，狐死必首丘[54]。

信非吾罪而棄逐兮[55]，何日夜而忘之？

【注釋】

1. 皇天：天。不純命：天命不正常，失序。純：純正，正常。
2. 震愆：動盪不安，遭災受罪。震：震動。愆（qiān）：罪過。
3. 方：正當。仲春：農曆二月。
4. 去：離開。就：去，到。
5. 遵：沿着。江：長江。夏：夏水，在今湖北江陵縣東南。
6. 國門：郢都城門。軫（zhěn）懷：內心疼痛。軫：痛。懷：心懷。
7. 甲之鼂：甲日的早晨。甲：干支計日法一個日期。鼂：同“朝”。
8. 發：出發。閭：里門。
9. 荒忽：通“恍惚”，神情淒迷的樣子。焉：哪裡。極：盡頭。
10. 楫：船槳。容與：徘徊不前的樣子。
11. 長楸：高大的楸樹。太息：歎息。
12. 涕：淚。淫淫：淚流不止的樣子。霰（xiàn）：雪珠。
13. 夏首：夏水與長江分流處。西浮：向西漂流。
14. 顧：回望。龍門：郢都東門。
15. 嬋媛：流連的樣子。
16. 眇：通“渺”。蹠（zhí）：踐踏。
17. 從流：順着水流方向。
18. 焉：於此。洋洋：浩茫的樣子。
19. 淩：乘。陽侯：傳說中的波神。
20. 忽：輕疾的樣子。翶翔：飛翔，這裡比喻船行。焉：哪裡。薄：到，止。
21. 絓結：牽掛糾結。絓（guà）：牽掛。
22. 蹇產：曲折。釋：解開。
23. 運舟：行船。
24. 終古：自古以來。
25. 羌：發語詞。

26. 須臾：片刻。反：返回。
27. 背：離開。夏浦：夏水邊，指夏口一帶。西思：思念西邊的故都。
28. 日遠：一天天遠離。
29. 墳：高地，堤岸。
30. 聊：姑且，暫且。舒：舒展。
31. 州土：國土。平樂：土地平曠，人民安樂。
32. 江介：江邊，長江兩岸。遺風：自古相傳的民風習俗。
33. 當：對着。陵陽：地名，在今安徽青陽縣南。
34. 淼：同“渺”，水波浩茫的樣子。如：去。
35. 曾：豈。夏：同“廈”，大殿。丘：廢墟。
36. 孰：何。兩東門：指郢都的城門。蕪：荒蕪。
37. 怡：快樂。
38. 惟：思。郢路：通往郢都的路。
39. 忽若：忽然。去：去國，遭放逐。不信：不信任。
40. 慘鬱鬱：愁悶鬱結的樣子。不通：不舒暢。
41. 蹇：困頓。侘傺（chà chì）：失意的樣子。慼：同“戚”，憂愁，悲傷。
42. 外：外貌。承歡：討好奉承。汋約：同“綽約”，柔美的樣子。
43. 諶（chén）：實在。荏（rěn）弱：軟弱。難持：靠不住。
44. 湛湛：深厚的樣子。願進：願意進用。
45. 被離：眾多雜亂的樣子。鄣：同“障”阻礙。
46. 抗行：高尚的行為。
47. 瞭：眼光明亮。杳杳：高遠的樣子。薄：迫近。
48. 憎：厭惡。慍惀（wěn lǔn）：滿懷忠誠難於表達的樣子。脩：與“美”同義。
49. 好：喜歡。夫：指示代詞，那些。忼慨：同“慷慨”，言辭激昂的樣子。
50. 踥蹀（qiè dié）：小步行走的樣子。
51. 美：有美德之人。超：與“遠”同義。逾邁：越離越遠。
52. 曼：延長，展開。流觀：四面觀望。
53. 冀：希望。壹反：一返。
54. 首丘：傳說狐狸死時，頭向着自己洞窟所在的山丘。
55. 信：確實。棄逐：放逐。

【串講】

《哀郢》是屈原流放在外，聽到秦軍攻陷郢都的消息後寫的一首詩。全詩大意如下：

皇天之命運失常啊，為何使百姓的生活如此動盪不安，遭災受罪。人民離散親友相失啊，正當仲春時節向東遷徙。離開故鄉去往遠方啊，沿着長江、夏水流亡。走出國門心裡多麼疼痛啊，那個甲日的早晨我開始遠行。

從郢都出發離開閭里啊，心情恍惚不知走到哪裡是個盡頭。船槳齊舉船兒徘徊不前啊，哀歎再也不能見到國君。眼望着高高的楸樹長歎一聲啊，淚水淋漓淚珠兒像雪霰。經過夏水河口向西漂流啊，回望郢都龍門而不見。心意流連傷懷啊，前途茫茫不知腳要踩到哪裡。順隨風波從流漂蕩啊，從此踏上浩浩茫茫的行程去作遊子。乘着波神泛濫洶湧的波浪，船兒飄忽翱翔不知要飛到哪裡。心情牽掛不得解脱啊，思緒纏繞無從開釋。將要行船向着下游漂浮啊，進入洞庭湖向着長江行去。離開祖祖輩輩居住的地方啊，如今飄飄蕩蕩來到東方。

靈魂想着要回去啊，何嘗有片刻的時光忘記歸返。背對着夏浦思念西邊的故鄉啊，傷歎故都一天比一天遙遠。登上高高的堤岸遠遠眺望啊，暫且舒散我的憂心。哀憐這平曠安樂的荊州之土啊，感傷這從江岸吹來的帶着古老的生活氣息的風。面對着陵陽，要去什麼地方啊？向南渡過浩渺的水面，要漂流向哪裡？何曾知高堂大廈會變成廢墟，誰又能説清郢都的兩座東門可是已經荒蕪？

心裡長久地不快樂啊，憂思和愁悵相連接。通往郢都的道路多麼遼遠啊，長江和夏水不可涉渡。忽然遭受放逐不被信任啊，至今九年不能回去。淒慘鬱悶心情不暢啊，困頓失意滿懷悲戚。

那些外表美麗取悦君王的人啊，實際內心軟弱難以自持。忠貞厚重之士情願進身備用啊，嫉妒的小人紛紛從中作梗障蔽。唐堯、虞舜那樣的高尚品行啊，明亮高遠直逼青天。眾多讒佞之徒心懷嫉妒啊，給他們加上了不慈的偽名。憎惡忠謹而深憂遠慮者的美好素質啊，偏好那夥讒佞者的虛榮驕縱、誇誇其談。眾多小人鑽營投機一天天晉升啊，身具美德之人越來越遠離開了朝廷。

亂辭曰：

放開我的目光四面觀望啊，希望能夠一返故國，卻不知要到何時？鳥兒高飛也要返回故鄉啊，狐狸死也要將頭朝着自己居住的山丘。確實不是我的過錯卻遭放逐啊，哪日哪夜能夠忘記我心中的郢都。

【點評】

公元前278年，秦將白起攻陷郢都，流亡在外的詩人聽到這一消息，倍感傷痛，寫下了這首哀念故都的名作。詩篇交織着由故都淪陷，人民流離失所引起的家國之痛，和自己長期遭受放逐，忠而見棄的怨憤之情，沉痛悽愴，感人至深。從詩裡可以看出，詩人離開郢都已有九年，九年中，他幾乎時刻都掛念着郢都的人和事，關心着楚國的命運、前途。此前，雖然滿懷憂憤，但他總還是希望楚王有一天能夠醒悟，遠離讒人，招回自己，重新開始實施自己的"美政"理想。可以想見，郢都失陷的消息，對他是一個多麼大的打擊，多年來擔心的事終於發生了，政治上的腐敗最終帶來的是故都淪陷，人民流離失所的悲劇。消息剛剛傳來時，他的心幾乎完全為一種呼天搶地的悲哀所佔據，"皇天之不純命兮，何百姓之震愆"，詩篇開頭部分反復寫到的離郢，像一組不斷閃回的電影鏡頭，疊印着郢都失陷後人民流離失所的情景，和詩人當年離開故都時流連不捨的情形。接下去關於行程的描寫，也時時在流民與自己被放逐的情景之間切換，一種共同的悲哀和茫然，使兩者渾然一體，幾不可辨。"登大墳以望遠兮，聊以舒吾憂心。哀州土之平樂兮，悲江介之遺風。"在一種回望的姿態中，個人的憂憤和民族的悲哀，一起傾瀉而出。痛苦的感情牽引着詩人又一次想起楚國的政治，這事實上也是寓哀痛於反思。故都失陷了，回去的希望幾乎完全破滅了，"曼余目以流觀兮，冀壹反之何時？”在詩的最後，詩人發出的幾乎是一種杜鵑啼血式的悲泣：“鳥飛反故鄉兮，狐死必首丘。信非吾罪而棄逐兮，何日夜而忘之？”詩人對於故都的這種依戀思念之情，必將伴隨他到生命的最後時刻。

錄自清代門應兆《補繪離騷圖》

抽思

心鬱鬱之憂思兮，獨永歎乎增傷[1]。

思蹇產之不釋兮[2]，曼遭夜之方長[3]。

悲秋風之動容兮[4]，何回極之浮浮[5]！

數惟蓀之多怒兮[6]，傷余心之憂憂[7]。

願搖起而橫奔兮[8]，覽民尤以自鎮[9]。

結微情以陳辭兮[10]，矯以遺夫美人[11]。

昔君與我誠言兮[12]，曰："黃昏以為期[13]。"

羌中道而回畔兮[14]，反既有此他志[15]。

憍吾以其美好兮[16]，覽余以其脩姱[17]。

與余言而不信兮[18]，蓋為余而造怒[19]。

願承閒而自察兮[20]，心震悼而不敢[21]。

悲夷猶而冀進兮[22]，心怛傷之憺憺[23]。

茲歷情以陳辭兮[24]，蓀詳聾而不聞[25]。

固切人之不媚兮[26]，眾果以我為患[27]。

初吾所陳之耿著兮[28]，豈至今其庸亡[29]？

何獨樂斯之謇謇兮[30]？願蓀美之可光[31]。

望三五以為像兮[32]，指彭咸以為儀[33]。

夫何極而不至兮[34]，故遠聞而難虧[35]。

善不由外來兮，名不可以虛作[36]。

孰無施而有報兮[37]，孰不實而有獲[38]？

少歌曰[39]：

與美人抽怨兮[40]，並日夜而無正[41]。

憍吾以其美好兮[42]，敖朕辭而不聽[43]。

倡曰[44]：

有鳥自南兮，來集漢北[45]。

好姱佳麗兮[46]，牉獨處此異域[47]。

既惸獨而不群兮[48]，又無良媒在其側[49]。

道卓遠而日忘兮[50]，願自申而不得[51]。

望北山而流涕兮，臨流水而太息。

望孟夏之短夜兮，何晦明之若歲[52]！

惟郢路之遼遠兮[53]，魂一夕而九逝[54]。

曾不知路之曲直兮[55]，南指月與列星[56]。

願徑逝而不得兮[57]，魂識路之營營[58]。

何靈魂之信直兮[59]，人之心不與吾心同！

理弱而媒不通兮[60]，尚不知余之從容[61]。

錄自清代門應兆《補繪離騷圖》

亂曰：

長瀨湍流[62]，泝江潭兮[63]。

狂顧南行[64]，聊以娛心兮[65]。

軫石崴嵬[66]，蹇吾願兮[67]。

超回志度[68]，行隱進兮[69]。

低佪夷猶[70]，宿北姑兮[71]。

煩冤瞀容[72]，實沛徂兮[73]。

愁歎苦神[74]，靈遙思兮[75]。

路遠處幽[76]，又無行媒兮。

道思作頌[77]，聊以自救兮[78]。

憂心不遂[79]，斯言誰告兮[80]！

【注釋】

1. 永歎：長歎。增：增加，增添。傷：感傷。
2. 思：思緒。蹇（jiǎn）產：曲折，纏繞。釋：放鬆，解開。
3. 曼：漫長。遭：遇。方長：正在變長。
4. 動容：改變顏色。
5. 回極：迴旋的天極。浮浮：漂浮不定。
6. 數：屢次。惟：思。蓀（sūn）：香草名，指楚王。
7. 傷：傷害。憂憂：憂愁，傷痛的樣子。
8. 搖起：猛然跳起。橫奔：狂奔。
9. 覽：觀看。尤：罪。鎮：鎮定，安定。
10. 結：聚結。微情：微末之情。陳：陳說。
11. 矯：舉。遺：贈送。美人：指楚王。
12. 誠言：誠懇地說。
13. 黃昏以為期：這裡是以男女婚姻比喻君臣關係，古代婚禮在黃昏舉行。
14. 羌：發語詞。中道：半途。回：返回。畔：同"叛"，背叛，反悔。
15. 反：反轉。既：已經。他志：別的想法。
16. 憍：同"驕"。驕傲，炫耀。
17. 覽：觀看，顯示。脩姱（kuā）：美好。

18. 信：誠實，可靠。
19. 蓋：通“盍”。為什麼。造怒：找藉口發火。
20. 承間：趁空子，找機會。自察：自明，表明心迹。
21. 震悼：驚恐，恐懼。
22. 夷猶：遲疑的樣子。冀進：希冀進言。
23. 怛（dá）：傷痛。憺憺：憂懼的樣子。
24. 兹：此。歷情：列舉陳述情由。
25. 蓀：香草名，這裡指楚王。詳：同“佯”，假裝。
26. 固：本來。切人：懇切之人，誠實之人。媚：諂媚，討好。
27. 患：禍患。
28. 初：當初。耿著：明白、顯著。
29. 庸：乃。亡：通“忘”，忘記。
30. 獨樂：獨自喜愛。斯：此。謇謇（jiǎn）：忠直的樣子。
31. 美：美德。光：光大。
32. 望：仰望。三五：指三王五霸，即夏禹、商湯、周文王，齊桓公、晉文公、秦穆公、宋襄公、楚莊王。像：榜樣。
33. 彭咸：屈原仰慕的古代賢士，傳說為殷臣，事迹不詳。儀：典範。
34. 極：遠方目標。至：到達。
35. 遠聞：聲名流傳久遠。虧：缺損，減少。
36. 虛作：偽造。
37. 施：施予，給予。報：回報。
38. 實：結實。獲：收穫。
39. 少歌：楚辭樂歌的一種形式。
40. 抽怨：抽繹怨思。抽：抽繹、梳理，抒發。
41. 並：兼，連。正：評斷，辯明是非。
42. 憍：同“驕”。
43. 敖：同“傲”。朕：我。
44. 倡：楚辭樂歌的一種形式。
45. 漢北：漢水之北。
46. 好姱佳麗：都是美好的意思。

47. 牉（pàn）：分離。異域：異鄉。
48. 惸（qióng）：孤獨。
49. 良媒：好媒人，指能傳情之人。
50. 卓：同“逴”，遙遠。日忘：一天天被遺忘。
51. 自申：自己申訴。
52. 晦明：從天黑到天明。若歲：像度過了一年。
53. 惟：發語詞。郢路：通向郢都的路。
54. 九逝：多次前往。逝：往。
55. 曾：乃。
56. 列星：群星。
57. 徑逝：徑直前往。
58. 營營：來來往往的樣子。
59. 信直：誠實正直。
60. 理：媒人。弱：能力不高。
61. 從容：不慌不忙。
62. 瀨（lài）：沙石上的急流。湍（tuān）：急流。
63. 泝：逆流而上。
64. 狂：急切。顧：左右看。
65. 聊：姑且。娛心：安撫自己的心情。
66. 軫（zhěn）石：怪石。崴嵬（wēi wéi）：山石突兀的樣子。
67. 蹇：艱難，阻礙。
68. 超回志度：越過曲折，勉力穿行。
69. 隱進：緩慢行進。
70. 低徊：徘徊。夷猶：遲疑。
71. 宿：住宿。北姑：地名。
72. 煩冤：煩亂委屈。瞀（mào）：昏亂。容：容顏。
73. 沛：水流迅疾。徂：往。
74. 苦神：傷神。
75. 靈：靈魂。
76. 幽：幽僻。

77. 道思：訴説憂思。頌：通“誦”，陳述之詞。

78. 自救：自我排遣，自我解脱。

79. 不遂：不如意。

80. 斯言：這些話。誰告：告誰，向誰訴説。

【串講】

心中鬱結着難解的憂思啊，獨自長歎更加感傷。愁思纏結不可釋解啊，又遇上那正在變長的漫漫長夜。悲歎秋風改變着萬物的顏色啊，為何迴旋的天極如此漂浮不定？一遍遍想起君王的多怒啊，傷害得我的心兒總是憂愁。本想猛然跳起狂奔疾走啊，看到人民遭受的苦難又使自己鎮定下來。結撰起微末的心意化作言詞啊，高高舉着送給那美人。

從前你與我説定了啊，説黃昏就是我們的佳期。不料中途翻悔啊，轉過身就有了別的心思。以你的美好傲慢於我啊，向我炫耀你的美色。和我説定的話不守信用啊，為什麼還找藉口對我發火？本想找機會表明我的心迹啊，驚恐傷感不敢前去。悲傷遲疑想來到你的身邊啊，內心痛苦憂懼不已。就這樣歷數情由向你陳辭啊，君王卻裝聾作啞不願意聽。本來是誠實的人不會討好啊，眾人果然把我當成一塊心病。當初我説得明明白白啊，難道到今天就忘得乾乾淨淨？為何我獨自喜愛這樣忠直言説不停啊，只是希望君王的美德能夠發揚光大。

仰望三王五霸，以他們為榜樣啊，指着彭咸作為自己的典範。真能如此，還有哪個目標不能達到啊，聲名遠揚而難虧損。美德不從身外來啊，名聲不可以偽造。誰沒有付出而得到回報啊，誰能不結果就有收穫？

少歌：

對着美人梳理情思啊，連日連夜不能獲得辯明。憑恃他的美好向我驕橫啊，傲慢地不聽我的言辭。

倡詞：

有鳥從南飛來，棲止在漢水之北。它是多麼美好啊，卻離群獨處於這異

地。已經是這樣孤獨而不合群啊，身邊又沒有好的通情人轉訴衷曲。道路遙遠一天天被人遺忘啊，想自己申訴又沒有機會。眼望着北山流淚啊，面對着流水長聲歎息。眼睜睜看着初夏的短短的夜晚啊，為何從天黑到天明就像度過了一年的歲月。思想着通往郢都道路的遙遠啊，靈魂一夜飛回去九次。竟不知沿途道路的曲直啊，只是向南指着月亮與群星辨認方向。想徑直回去而不可能啊，靈魂為辨識道路來來回回忙個不停。靈魂啊你為什麼這樣誠信率直，人家的心思和我們可不相同。媒人太弱言路不通啊，他們還不知道我的處事從容。

亂辭：

長長的瀨水、湍急的水流，我沿着江潭溯流而上。猛然回顧向南而行，暫且安撫自己的心緒。怪石突兀，阻斷了我回歸的心願，越過曲折的山路勉力前行，一點一點向前緩慢行進。徘徊遲疑，歇宿在北姑。心緒煩擾委屈面容昏亂，真想如流水一樣奔騰而去。愁悶歎息傷神痛苦，靈魂遙遙地思念啊，道路悠遠居處偏僻，又沒有傳遞情意的行媒。言志作詩，聊以自救，憂傷的心總是不能如意，這些話又向誰去訴説？

【點評】

“抽思”，就是抽繹情思，梳理愁緒。“思”而可抽，已是一個隱喻，就是把思比喻為絲了。屈原忠心耿耿卻不被信用，寫作《抽思》時已被流放漢北，委屈鬱悶，思君懷鄉，種種情懷纏結在一起使他感覺無限痛苦。“抽思”，就是要梳理這些情緒，表明自己的心迹。正如他在詩中已説明的，這也是一次精神上的“自救”行動。在這首詩裡，我們不僅看到了屈原流放中的一些情況，而且也瞭解到了他與楚王關係中的一些真情。楚王的出爾反爾，驕縱傲慢，找藉口發脾氣，裝聾作啞，與詩人的憂思愁苦、震悼夷猶、忠貞正直，形成了一種鮮明的對比。在這樣一種對照之下，詩人反復歎惜的“理弱而媒不通”，在今天讀來就不免有一種反諷意味。詩中寫得最動人的，是那些思戀郢都的詩句："惟郢路之遼遠兮，魂一夕而九逝。曾不知路之曲直兮，南指月與列星。願徑逝而不得兮，魂識路之營營"，生動寫出了詩人無時不在思念故鄉而至魂魄難安，神思憂擾的情形，有一種催人淚下的藝術效果。

《抽思》的結構，在楚辭中也很有特點。它由正歌、少歌、倡、亂四部分組成，各部分間相互呼應，相互發明，共同構成了一種立體交響的藝術。其中人與靈魂分裂為二而進行對話，也很有特色，竟可以說它的"倡詞"是最早的一篇"離魂記"。

懷沙

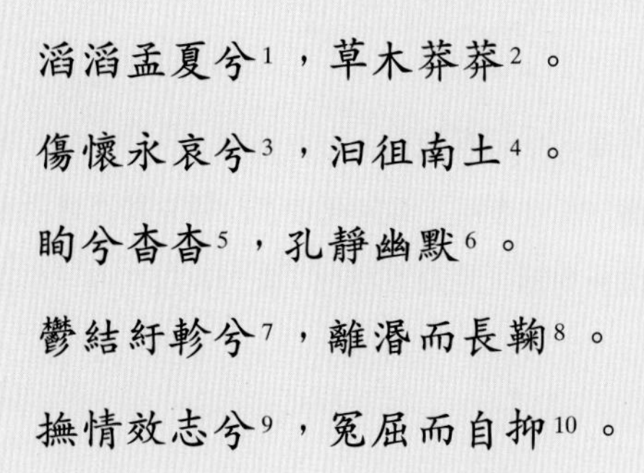

滔滔孟夏兮[1]，草木莽莽[2]。

傷懷永哀兮[3]，汩徂南土[4]。

眴兮杳杳[5]，孔靜幽默[6]。

鬱結紆軫兮[7]，離湣而長鞠[8]。

撫情效志兮[9]，冤屈而自抑[10]。

刓方以為圜兮[11]，常度未替[12]。

易初本迪兮[13]，君子所鄙[14]。

章畫志墨兮[15]，前圖未改[16]。

內厚質正兮[17]，大人所盛[18]。

巧倕不斲兮[19]，孰察其撥正[20]。

玄文處幽兮[21]，矇瞍謂之不章[22]。

離婁微睇兮[23]，瞽謂之不明[24]。

變白以為黑兮，倒上以為下。

鳳皇在笯兮[25]，雞鶩翔舞[26]。

同糅玉石兮[27]，一概而相量[28]。

夫惟黨人鄙固兮[29]，羌不知余之所臧[30]。

錄自清代門應兆《補繪離騷圖》

任重載盛兮[31]，陷滯而不濟[32]。

懷瑾握瑜兮[33]，窮不知所示[34]。

邑犬群吠兮[35]，吠所怪也。

非俊疑傑兮[36]，固庸態也[37]。

文質疏內兮[38]，眾不知余之異采[39]。

材樸委積兮[40]，莫知余之所有。

重仁襲義兮[41]，謹厚以為豐[42]。

重華不可遻兮[43]，孰知余之從容！

古固有不並兮[44]，豈知何其故！

湯、禹久遠兮[45]，邈而不可慕[46]。

懲違改忿兮[47]，抑心而自強。

離慜而不遷兮[48]，願志之有像[49]。

進路北次兮[50]，日昧昧其將暮[51]。

舒憂娛哀兮[52]，限之以大故[53]。

亂曰：浩浩沅、湘，分流汩兮[54]。

脩路幽蔽[55]，道遠忽兮[56]。

懷質抱情[57]，獨無匹兮[58]。

伯樂既沒[59]，驥焉程兮[60]。

民生稟命[61]，各有所錯兮[62]。

定心廣志[63]，余何畏懼兮！

曾傷爰哀[64]，永歎喟兮。

世溷濁莫吾知，人心不可謂兮[65]。

知死不可讓[66]，願勿愛兮[67]。

明告君子，吾將以為類兮。

【注釋】

1. 滔滔：陽氣充盛的樣子。孟夏：初夏，陰曆四月。
2. 莽莽：茂密的樣子。
3. 傷懷：傷心。永：長久。
4. 汩：快速。徂（cú）：去，到。南土：南方。
5. 眴（shùn）：遠望的樣子。杳杳：幽遠渺茫的樣子。
6. 孔靜：很安靜。幽默：清幽無聲。
7. 紆：委屈。軫：沉痛。
8. 離：遭受。湣（mǐn）：痛。鞠：窮困。
9. 撫：撫問，安慰。效：考察。
10. 抑：壓抑、克制。
11. 刓（wán）：削。圜：同"圓"。
12. 常度：正常的法度原則。替：改變。
13. 易初本迪：改變本來的作法，違離常道。本迪：常道。
14. 鄙：鄙棄。
15. 章：彰明、彰顯。畫：木匠所畫之線。志：記。墨：繩墨。
16. 前圖：即前句所說的"畫"、"墨"，比喻標準、規範。
17. 內：內心。厚：淳厚。質：品質。
18. 大人：偉大的人。盛：讚美。
19. 陲（chuí）：傳說中堯時的巧匠。斫：砍。
20. 撥：彎曲。
21. 玄文：黑色花紋。幽：幽暗。
22. 矇瞍（méng sǒu）：瞎子。不章：沒有文采。
23. 離婁：傳說中黃帝時的人物，能於百步之外見秋毫之末。微睇：瞇縫着眼看。
24. 瞽（gǔ）：盲人。
25. 笯（nú）：籠子。
26. 鶩（wù）：鴨子。
27. 同糅：混同、雜糅。
28. 一概而相量：一樣對待。概：用於刮平斗斛的木板。量：測量，度量。

29. 黨人：結黨營私的人。鄙固：鄙陋，頑固。
30. 羌：發語詞。臧：善。
31. 任：負荷，擔負。載：裝載。
32. 陷滯：陷沒，滯留。濟：度。
33. 懷：懷抱。握：拿着。瑾、瑜：都是美玉。
34. 窮：窮困。示：給人看。
35. 邑：城邑。
36. 非：非難，否定。
37. 庸態：常態。
38. 文：文采，外表。質：實質，內心。疏：粗疏。內：同"訥"，不善言辭。
39. 異采：不同尋常的才華。
40. 材：木材。樸：未經加工的木材。委積：堆積。
41. 重、襲：都是積累的意思。
42. 謹：謹慎。厚：厚重。豐：豐富。
43. 重華：即虞舜。遻（è）：遇見。
44. 古：自古。不並：不同時存在。
45. 湯、禹：商湯、夏禹。
46. 邈：悠遠的樣子。慕：追慕，學習。
47. 懲：止。違：怨恨。忿：忿恨。
48. 遷：改變。
49. 像：榜樣，模範。
50. 進路：沿着道路前進。北次：向北尋找止宿之處。次：止宿。
51. 昧昧：日色昏暗的樣子。
52. 舒：舒解。娛：娛樂。
53. 限：限度。大故：死亡。
54. 汩（gǔ）：水流聲。
55. 脩：長。
56. 忽：遙遠渺茫。
57. 質：質樸的本性。情：忠信之情。
58. 無匹：無比，無雙。

59. 伯樂：古代最著名的相馬人。沒：同“歿”，死。

60. 驥：駿馬。焉：怎麼。程：衡量，評判。

61. 民：人。生：出生。稟命：稟受天命。

62. 錯：通“措”，安排，安置。

63. 定心：安定其心。廣志：廣大其志。

64. 曾：通“增”。傷：傷痛。爰哀：哀痛不止。

65. 謂：說。

66. 讓：辭讓，退避。

67. 愛：吝惜。

【串講】

《懷沙》是屈原的絕命辭，關於這個題目，曾經有過不同的解釋。有人因屈原懷石自沉汨羅江的傳說，將它解釋為與“懷石自沉”同義；有人將它解釋為感懷長沙。但這些說法或失之附會，或失之無據，其實，它不過是水邊沙地上的抒懷而已。在流水與土地間體驗着天地人間之道，體驗着充滿危機而又決心超越危機的自我生命，這就是《懷沙》所表現的境界。全詩大意如下：

陽光充足的四月，時光如水滔滔流逝，草木茂盛，莽莽蒼蒼。心懷着永遠的哀痛啊，急匆匆走在南國的土地上。遠遠望去，幽遠渺茫，大地一片沉靜，沒有一絲聲響。心中鬱結絞痛啊，遭受憂患而長處困境。撫問着自己的心情，考量着自己的志向啊，備受冤屈，卻只能自我壓抑。豈能削方以為圓啊，正常的法度未曾改變。改變原初的本然之道啊，這是君子所鄙棄的。彰明墨線突出標記啊，先前的圖樣並未改變。內心敦厚品質方正啊，這是偉大人物所推崇的。巧匠倕不來砍削啊，誰又能察知曲直？

黑色花紋放在幽暗處啊，那些瞎子們硬說沒有文采。視力超群的離婁瞇縫起眼睛啊，盲人以為他也和他們一樣看不見東西。顛倒黑白啊，錯置上下。鳳凰關在竹籠啊，雞鴨卻在飛舞。美玉和頑石摻合在一起啊，一條刮板

刮平了稱量。只是那幫結黨營私之徒鄙陋頑固啊，竟不知我的善處何在。負擔太重裝載過多啊，陷阻、停滯不得前進。懷藏美玉手握寶石啊，身處困境不知如何示人。村邑的惡狗群起而吠啊，吠的是讓它們感覺怪異的事物。毀謗賢俊疑忌豪傑啊，這本是庸人的常態。文采品質粗疏木訥啊，庸眾不知我的異采。可用之材滿地堆積啊，沒有人知道我所擁有的一切。

漸漸積累起仁德和禮義啊，謹慎莊重不斷使它豐厚。帝舜重華不可逢啊，誰能知道我從從容容在幹什麼。自古就存在着聖賢不能並世而生的遺憾啊，我們又怎能知道其中的緣故。商湯、夏禹的時代已成久遠啊，渺渺茫茫不可追慕。克制不平改變忿恨啊，平抑心情自強自勵。遭遇憂患仍不改變初志啊，願能記住古代賢人的榜樣。沿着道路向北尋求宿處啊，日光昏暗一天就要結束。舒展自己憂鬱的心靈，撫慰自己的悲哀啊，死亡已設定了這一切的盡頭。

亂辭曰：

浩浩盪盪的沅水、湘江，分頭急速地奔流。漫長的路途幽深險阻，遙遠渺茫。懷抱着質樸忠信的性情，孤獨而無人可比。善於相馬的伯樂已經死了，千里馬靠什麼來評判、識別？人從出生就稟受着天命，各有各的命運安排。安定下心來，擴展開意志，我又有什麼可以畏懼？重重的悲傷無窮的哀痛，永遠的歎息啊，舉世渾濁沒有人瞭解我，人心也到了無話可說的地步。既然知道死是不可避免的，就請不要吝惜殘生啊。明明白白告知那些捨生取義的君子，我將作出和他們一樣的選擇。

【點評】

詩篇一開頭，就把人帶入一個孟夏四月沙灘抒懷的境界，以憂鬱的心情體驗着曠野上偉大的沉默，體驗着流放者冤屈壓抑的生命。“滔滔孟夏兮，草木莽莽”，滔滔是一個形容流水的詞語，用“滔滔”來修飾孟夏，大概是只有站在水邊才易發生的通感性錯覺。在這種錯覺中，水勢的滾滾滔滔和時間的流逝不已，以及四月天氣的陶陶和暖交相感應為一。郢都已破，流放中的詩人獨立曠野，展目四望，草木莽莽，一種“國破山河在，城春草木深”的痛楚，和着“念天地之悠悠”的悲愴，從他的心底湧了上來。

在這樣的時候，反思楚國之失，反思自己的行止和遭遇，自然有一種別樣的滋味。“變白以為黑兮，倒上以為下；鳳皇在笯兮，雞鶩翔舞”，這就是醜惡的現實。“夫惟黨人鄙固兮，羌不知余之所臧”，“邑犬群吠兮，吠所怪也。非俊疑傑兮，固庸態也。文質疏內兮，眾不知余之異采”，這就是“黨人”和庸眾對他的態度。而要有所作為，只能寄望於一位聖德的君主，“重華不可遻兮，孰知余之從容”，一種命定的“不遇”決定了他的悲劇，決定了他只能“抑心而自強”，“傷懷永哀”。連續的打擊和失望，使他不勝生之疲累，“舒憂娛哀兮，限之以大故”，似乎只有死亡才能給他心靈的安定和意志的自由了。

橘頌

后皇嘉樹[1]，橘徠服兮[2]。
受命不遷[3]，生南國兮[4]。

深固難徙[5]，更壹志兮[6]。
綠葉素榮[7]，紛其可喜兮[8]。
曾枝剡棘[9]，圓果摶兮[10]。
青黃雜糅[11]，文章爛兮[12]。
精色內白[13]，類任道兮[14]。
紛緼宜脩[15]，姱而不醜兮[16]。

嗟爾幼志[17]，有以異兮[18]。
獨立不遷，豈不可喜兮。
深固難徙，廓其無求兮[19]。
蘇世獨立[20]，橫而不流兮[21]。
閉心自慎[22]，不終失過兮[23]。
秉德無私[24]，參天地兮[25]。

願歲並謝[26]，與長友兮[27]。

淑離不淫[28]，梗其有理兮[29]。

年歲雖少，可師長兮[30]。

行比伯夷[31]，置以為像兮[32]。

錄自清代門應兆《補繪離騷圖》

【注釋】

1. 后皇：后土皇天，指天地之間。嘉：好。
2. 徠：同“來”。服：習慣，適應水土。
3. 受命：稟受天地之命。遷：移。
4. 南國：南方。

5. 深固：根深柢固。徙：移栽。
6. 壹志：志向專一。
7. 素榮：白花。
8. 紛：繁茂。
9. 曾枝：枝條重疊。曾：通“層”。剡（yǎn）：銳利。棘：刺。
10. 摶：圓。
11. 青黃：未熟的青果和已熟的黃果。雜糅：錯雜。
12. 文章：文采。爛：燦爛。
13. 精色內白：橘瓤鮮亮純淨。精色：果肉色澤鮮亮。內白：果肉純潔晶瑩。
14. 類：就像。任道：擔當道義。
15. 紛緼：同“紛紜”，繁盛的樣子。宜脩：修飾得體。
16. 姱：美好。
17. 嗟：感歎聲。爾：指橘樹。幼志：自幼之志，天性。
18. 有以異兮：有與眾不同的地方。
19. 廓：空闊廣大，指胸懷寬廣。
20. 蘇世獨立：清醒地獨立於世。蘇：醒。
21. 橫：橫斷。不流：不隨波逐流。
22. 閉心：關閉內心。慎：謹慎、小心。
23. 不終失過兮：始終沒有過失。
24. 秉：秉持，堅守。
25. 參天地：可以與天地比德。
26. 願歲並謝：但願我們能伴隨歲月一同到老。歲：年歲，時光。並謝：一同凋謝。
27. 與長友：與橘樹做永久的朋友。
28. 淑：善良、美好。離：通“麗”。
29. 梗：挺直。理：原則。
30. 可師長：可以為人師長。
31. 伯夷：古代著名的節義之士，殷末孤竹君之子，曾因辭讓君位逃至周，後又反對武王伐紂。周滅商後，因“義不食周粟”，與弟弟叔齊逃到首陽山採薇而食，餓死在山上。
32. 像：榜樣。

【串講】

《橘頌》是屈原的早期作品，在他現存作品中是創作年代最早的一篇。在這篇作品中，屈原通過對橘樹的讚美，讚揚了一種理想的人格，從中也可看出作者自己的志向情操。全詩大意如下：

天地生成的好樹，橘樹自來就適應這裡的水土。稟受天地之命不能遷移啊，生長在南國的土地。根系深固難以移栽，再加上志向專一。綠色的葉子，白色的花朵，多麼繽紛可喜。層層的枝條，鋒利的尖刺，圓圓的果實。青色的果子，黃色的果子，交相輝映，文采燦爛。精細潔白的果肉，就像那品質優良可以信任的君子。枝葉繁盛，修整合度，多麼美麗出眾。

可歎你自幼的志向，是多麼的與眾不同。獨立不遷，豈不非常可喜。根系深固難以移栽，胸懷寬廣無所慾求。清醒地獨立於世界，特立獨行不隨波逐流。閉心自慎，排除外在邪惡的干擾，至終也沒有什麼過失。秉持高尚的道德公正無私，可以與天地並立。

我願和你一同度過生命的歲月，長久地把你當成朋友。善良、美麗，不受不良環境的侵蝕，就像你的枝柯一樣正直挺立。你的年紀雖小，卻可以做人的師長。你的德行好比堅貞不屈的伯夷，我願以你為學習的榜樣。

【點評】

《橘頌》是中國古代詠物詩的鼻祖，其形式在屈原作品中是比較獨特的一篇。它通篇採用一種接近《詩經》的四言詩的形式，但又與《詩經》中的“頌”很不相同。它的內容已不再是《詩經》中那種帶有原始宗教意味的郊廟歌辭，而是一種寄寓了更多人性內容的詠物小品；與之相應，它的語言風格也由莊重板滯變得活潑靈動。同時，與屈原的大多數作品不同，《橘頌》中也沒有那種濃重的感傷氣息。這時的屈原，大約還沒有陷入政治鬥爭的泥潭，因而在他的作品中，我們還可以發現一種比較分明的青春意氣，在他對橘樹的那一種擬人化描繪和讚美中，我們甚至可以發現某種罕見的幽默。

#【招魂】

招魂

屈原

招魂是一種古老的巫風，古人認為，人的身體和靈魂是可以分離的，經受驚嚇、打擊或人死之後，魂魄就會離開軀體四處遊蕩，有法力的巫師則可通過一些儀式使他回歸故體、故土。關於《楚辭》中《招魂》一篇的作者和所招物件，曾有不同的説法，有説是宋玉招屈原的，有説是屈原自招生魂的，但今人多認為是屈原招楚懷王的。《史記・屈原賈生列傳》的"太史公曰"："余讀《離騷》、《天問》、《招魂》、《哀郢》，悲其志。適長沙，觀屈原所自沉淵，未嘗不垂涕想見其為人。"司馬遷是把《招魂》並列為屈原的四篇代表作之一，據此傳記可知，司馬遷得見淮南王劉安的《離騷傳》，是言之有據的。

朕幼清以廉潔兮[1]，身服義而未沬[2]。

主此盛德兮[3]，牽於俗而蕪穢[4]。

上無所考此盛德兮[5]，長離殃而愁苦[6]。

帝告巫陽曰[7]：

"有人在下，我欲輔之[8]。

魂魄離散，汝筮予之[9]。"

巫陽對曰：

"掌夢？上帝，其難從[10]。"

"若必筮予之[11]，恐後之謝[12]，不能復用。"

【注釋】

1. 朕：我。幼：自幼。
2. 服：行。未沬（mèi）：未曾含糊。沬：通“昧”，暗淡。
3. 主：堅守。
4. 牽於俗：受世俗牽累。蕪穢：荒蕪、變質。
5. 上：君上，指楚懷王。
6. 離：遭受。殃：災禍。
7. 帝：天帝。巫陽：神話傳説中的大巫師。
8. 輔：幫助。
9. 筮（shì）：用蓍草占卜以預測。予之：給他，指將魂魄還給他。
10. 掌夢：占夢之巫。其難從：恐怕難以辦到。
11. 若：你。
12. 恐：恐怕。謝：萎謝。

【串講】

這是《招魂》的第一節，類似音樂中的序曲，主要敘説招魂緣起。先是作者的自白，表明自己與所招之人的關係，接着假託天帝與巫陽的對話，以引出下面的招魂之辭。前後兩段，詩句大意如下：

我自幼清白廉潔，身行正義而未曾含糊。堅守如此盛德，卻受世俗牽累遭際淒涼。君上不能考察如此盛德，致使我長期遭殃愁苦。

天帝對巫陽説，“有一個人在下界，我想幫助他。他的魂魄離散，你用蓍草預測一下他的方位，將魂魄還給他。”巫陽回答説：“這是掌夢的事吧？天帝，你的命令恐怕難以聽從。”天帝堅持説：“你一定要用蓍草預測一下，恐怕遲了屍身就會萎謝，不能再用了。”

【點評】

這是一個交織着怨與愛的，感情複雜的開頭。屈原一度曾頗得楚懷王信用，雖然後來懷王聽信讒言，疏遠了他，又不聽他的勸告，身入險境，為秦人拘禁，最終客死異鄉，但對他，屈原始終還是懷有一種希望。當他的死訊傳來時，屈原的感情也是複雜的，愛戴、怨望、哀憐、同情一時湧向心頭。《招魂》的開頭一節，從自我説起，明顯地流露着抱怨的情緒，這種抱怨又是和對懷王不聽忠言導致不幸的悵恨聯繫在一起的，因此緊接着他便借天帝的口吻，表達了對楚王的哀憐。這種曲折複雜的心境，和跳盪變換的手法，使《招魂》一開頭便顯出了不同尋常的藝術表現力。

巫陽焉乃下招曰[1]：

魂兮歸來！去君之恆幹[2]，何為乎四方些[3]？

舍君之樂處[4]，而離彼不祥些[5]。

錄自清代門應兆《補繪離騷圖》

魂兮歸來！東方不可以託些[6]。

長人千仞[7]，惟魂是索些[8]。

十日代出[9]，流金鑠石些[10]。

彼皆習之[11]，魂往必釋些[12]。

歸來歸來！不可以託些。

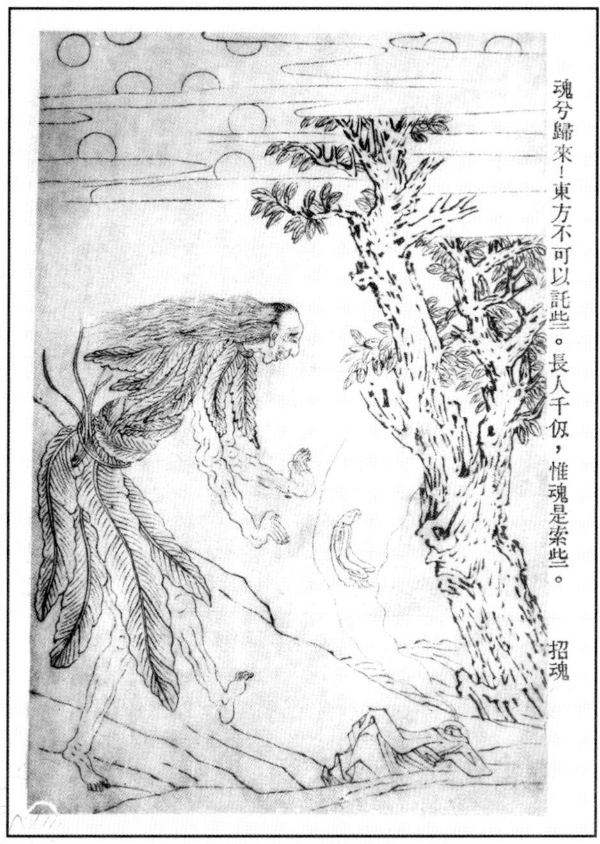

錄自清代門應兆《補繪離騷圖》

魂兮歸來！南方不可以止些[13]。

雕題黑齒[14]，得人肉以祀[15]，以其骨為醢些[16]。

蝮蛇蓁蓁[17]，封狐千里些[18]。

雄虺九首[19]，往來儵忽[20]，吞人以益其心些[21]。

歸來歸來！不可以久淫些[22]。

魂兮歸來！西方之害，流沙千里些[23]。

旋入雷淵[24]，爢散而不可止些[25]。

幸而得脫，其外曠宇些[26]。

赤蟻若象[27]，玄蜂若壺些[28]。

五穀不生，藂菅是食些[29]。

其土爛人[30]，求水無所得些。

彷徉無所倚[31]，廣大無所極些[32]。

歸來歸來！恐自遺賊些[33]。

魂兮歸來！北方不可以止些。

增冰峨峨[34]，飛雪千里些。

歸來歸來！不可以久些。

魂兮歸來！君無上天些。

虎豹九關[35]，啄害下人些[36]。

一夫九首[37]，拔木九千些。

豺狼從目[38]，往來侁侁些[39]。

懸人以娭[40]，投之深淵些。

致命於帝[41]，然後得瞑些[42]。

歸來歸來！往恐危身些。

錄自清代門應兆《補繪離騷圖》

魂兮歸來！君無下此幽都些[43]。

土伯九約[44]，其角觺觺些[45]。

敦脄血拇[46]，逐人駓駓些[47]。

參目虎首[48]，其身若牛些。

此皆甘人[49]。

歸來歸來！恐自遺災些。

錄自清代門應兆《補繪離騷圖》

【注釋】

1. 焉乃：於是。
2. 恆：常。幹：軀幹，身體。
3. 些：楚人巫術中用於禁咒語氣的助詞。
4. 舍：捨棄。樂處：快樂的地方。
5. 離：遭受。不祥：災禍。
6. 託：寄託，居住。
7. 長人：大人，巨人。千仞：極言其高。仞：七尺或八尺。
8. 索：求，找。
9. 十日代出：十個太陽輪流升起。
10. 流金：使金屬溶化成液體。鑠（shuò）：銷溶。
11. 彼：指長人。習：習慣。
12. 釋：消散，熔解。
13. 止：居留。
14. 雕題：在額頭刺上彩色紋飾。黑齒：塗黑牙齒。雕題、黑齒，皆指有着奇異習俗的南方古代民族。
15. 祀：祭祀。
16. 醢（hǎi）：肉醬。
17. 蝮蛇：一種大毒蛇。蓁蓁（zhēn）：盤聚堆積的樣子。
18. 封狐：大狐。千里：到處都是的意思。
19. 雄虺（huǐ）：傳說中生有九頭的大毒蛇。
20. 儵（shū）忽：迅速。
21. 益：補益。
22. 淫：長久停留。
23. 流沙：傳說中的西部大沙漠，因沙動如水，故稱流沙。
24. 旋入：捲進。旋：沙塵隨風旋轉。雷淵：神話中的水名。
25. 靡散：粉碎飄散。靡（mí）：碎。
26. 曠宇：空闊的荒野。
27. 赤蟻若象：紅螞蟻大得像大象。

28. 玄：黑色。壺：葫蘆。
29. 藂：即"叢"字。菅（jiān）：一種茅草。
30. 爛：焦爛。
31. 彷徉（páng yáng）：徘徊。
32. 極：邊際。
33. 遺：給予。賊：害。
34. 增："層"的通借字。峨峨：高聳的樣子。
35. 虎豹九關：虎豹把守着九道天門。
36. 啄：咬。下人：下界之人。
37. 木：樹。九千：極言其多。
38. 從目：豎着眼睛。
39. 侁侁（shēn）：來回走動的聲音。
40. 懸人：倒提着人。娭：同"嬉"。
41. 致命：復命。帝：天帝。
42. 瞑：合眼。
43. 幽都：地府。
44. 土伯：幽都的神怪。九約：九條尾巴。
45. 觺觺（yí）：頭角鋭利的樣子。
46. 敦：厚。脄(méi)：背部的肉。血拇：沾上了血的指爪。
47. 駓駓（pī）：奔跑的樣子。
48. 參：同"三"。
49. 甘人：喜歡吃人。

【串講】

以上是《招魂》正文的第一部分，分別從四方上下着筆，渲染其險惡，以警告亡魂不要迷失方向，不要滯留在外，而要從速歸來。各段大意如下：

巫陽於是到下方招喚説：魂啊，歸來吧！離開你常在的身體，到四下裡去幹什麼呀？為什麼要丢下你的安樂窩，去遭受那些個不祥呢？

魂啊，歸來吧！東方不可以寄居呀！有長人身高千仞，專找魂靈呀。十個太陽輪流升起，連金石都能熔化銷釋。他們都已習慣了，你的魂到那裡一定會消散乾淨。歸來歸來，那地方不可以寄居！

魂啊，歸來吧！南方不可以停留呀！那裡的人額頭刺着花紋、牙齒塗得黑漆漆的，找人肉來祭祀，用他的骨頭做肉醬呀。蝮蛇盤繞成堆，千里原野到處奔跑着大狐狸。雄虺生着九個頭，往來如飛，吞吃活人滋補它的身心。歸來歸來，那地方不可以長時間停留！

魂啊，歸來吧！西方的可怕，在千里的流沙。如果被旋風捲入雷淵，那就粉身碎骨也不算什麼了。僥倖逃脱出來，外面也是空寂的曠野。紅螞蟻像一頭頭大象，黑蜂大得像葫蘆。不生五穀，只吃些叢生的茅草。那一片土地讓人皮焦肉爛，想找水卻一點也找不到。跑來跑去沒有一點依靠，廣大得沒有邊際。歸來歸來，到那裡恐怕是自找禍害！

魂啊，歸來吧！北方不可以停留呀！一層層的寒冰高聳入雲，千里萬里都是飛雪。歸來歸來，那裡不可以久留呀！

魂啊，歸來吧！你不要跑到天上去！九道天門都有虎豹把守，它們會咬傷下界來的人啊。一個人長着九隻頭，他能拔掉九千棵大樹呀。豺狼一樣豎睜着眼睛，走過來又走過去。倒提着人玩夠了，就將他投到深淵裡。要等向天帝復命之後，你才能閉一閉恐懼的眼睛。歸來歸來，去那裡恐怕會危及生命。

魂啊，歸來吧！你不要跑到地府裡去！土伯長着九條尾巴，頭上的角尖尖的，背上的肉厚厚的，指爪上還染着血，追着人奔來奔去。長着三隻眼老虎腦袋的怪物，身體壯得像牛。這些傢伙都喜歡吃人。歸來歸來，去那裡恐怕是自己招災。

【點評】

招魂術聽起來很神秘，仔細看一看招魂詞的內容，其實也很簡單。招魂者對待亡魂的態度，很有些像對待一個迷失了方向的孩子，即便是對像楚懷王這樣的國君，招喚他歸來的方法也不外嚇唬和引誘兩途而已。這也就是王

逸說的"外陳四方之惡，內崇楚國之美"。這是來自民間風俗的東西，其特點正反映出人類童年期心性的簡單、純樸。屈原的《招魂》仍從此出發，但他對於惡境與美境的描繪，卻更富於想像力和藝術趣味。此節關於四方天地神怪的描寫，就充滿了恐嚇意味，來自傳說的東西和詩人的想像糅合在一起，造出了一個個兇險無比的意境。這種有關天地四方的想像，在怪誕的外表之下，反映的其實是人類早期對於自然的廣大神秘的深深畏懼。

魂兮歸來！入脩門些[1]。

工祝招君[2]，背行先些[3]。

秦篝齊縷[4]，鄭綿絡些[5]。

招具該備[6]，永嘯呼些[7]。

魂兮歸來！反故居些。

天地四方，多賊奸些[8]。

像設君室[9]，靜閒安些[10]。

高堂邃宇[11]，檻層軒些[12]。

層台累榭[13]，臨高山些。

網户朱綴[14]，刻方連些[15]。

冬有突廈[16]，夏室寒些。

川谷徑複[17]，流潺湲些[18]。

光風轉蕙[19]，氾崇蘭些[20]。

經堂入奧[21]，朱塵筵些[22]。

砥室翠翹[23]，挂曲瓊些[24]。

翡翠珠被[25]，爛齊光些[26]。

蒻阿拂壁[27]，羅幬張些[28]。

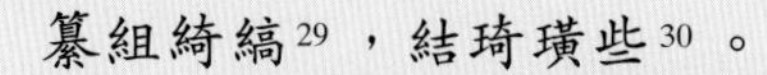

纂組綺縞[29]，結琦璜些[30]。

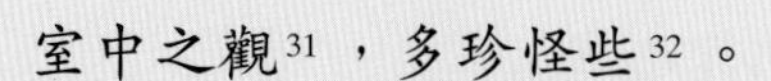

室中之觀[31]，多珍怪些[32]。
蘭膏明燭[33]，華容備些[34]。
二八侍宿[35]，夕遞代些[36]。
九侯淑女[37]，多迅眾些[38]。
盛鬋不同制[39]，實滿宮些[40]。
容態好比[41]，順彌代些[42]。
弱顏固植[43]，謇其有意些[44]。
姱容脩態[45]，絚洞房些[46]。
蛾眉曼睩[47]，目騰光些[48]。
靡顏膩理[49]，遺視矊些[50]。
離榭脩幕[51]，侍君之閑些[52]。

翡帷翠帳，飾高堂些。
紅壁沙版[53]，玄玉之梁些[54]。
仰觀刻桷[55]，畫龍蛇些。
坐堂伏檻，臨曲池些。
芙蓉始發[56]，雜芰荷些[57]。
紫莖屏風[58]，文緣波些[59]。

文異豹飾[60]，侍陂陀些[61]。

軒輬既低[62]，步騎羅些[63]。

蘭薄户樹[64]，瓊木籬些[65]。

魂兮歸來！何遠為些[66]？

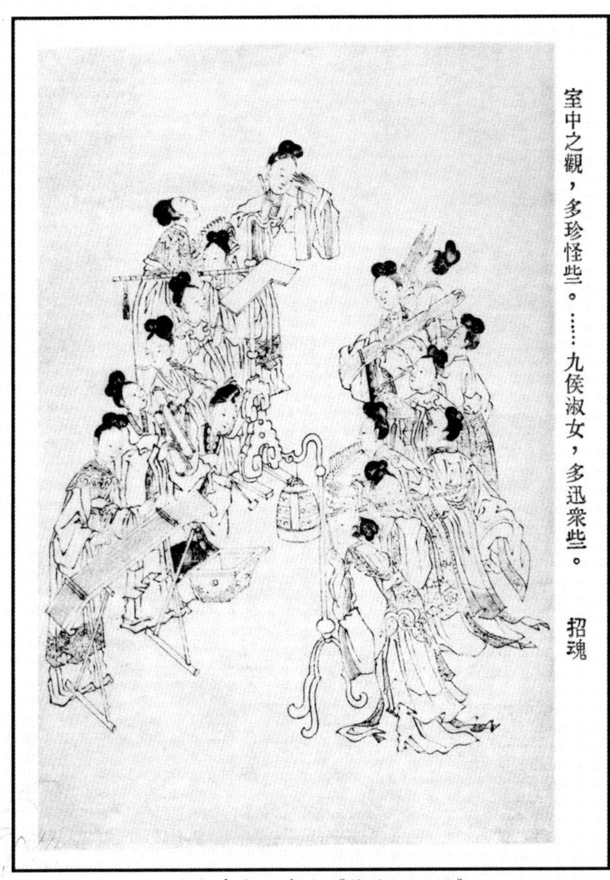

錄自清代門應兆《補繪離騷圖》

室家遂宗[67]，食多方些[68]。
稻粢穱麥[69]，挐黃粱些[70]。
大苦鹹酸[71]，辛甘行些[72]。
肥牛之腱[73]，臑若芳些[74]。
和酸若苦[75]，陳吳羹些[76]。
胹鼈炮羔[77]，有柘漿些[78]。
鵠酸臇鳧[79]，煎鴻鶬些[80]。
露雞臛蠵[81]，厲而不爽些[82]。
粔籹蜜餌[83]，有餦餭些[84]。
瑤漿蜜勺[85]，實羽觴些[86]。
挫糟凍飲[87]，酎清涼些[88]。
華酌既陳[89]，有瓊漿些。
歸反故室，敬而無妨些[90]。

肴羞未通[91]，女樂羅些。
陳鐘按鼓[92]，造新歌些。
《涉江》、《采菱》[93]，發《揚荷》些[94]。
美人既醉，朱顏酡些[95]。
娭光眇視[96]，目曾波些[97]。

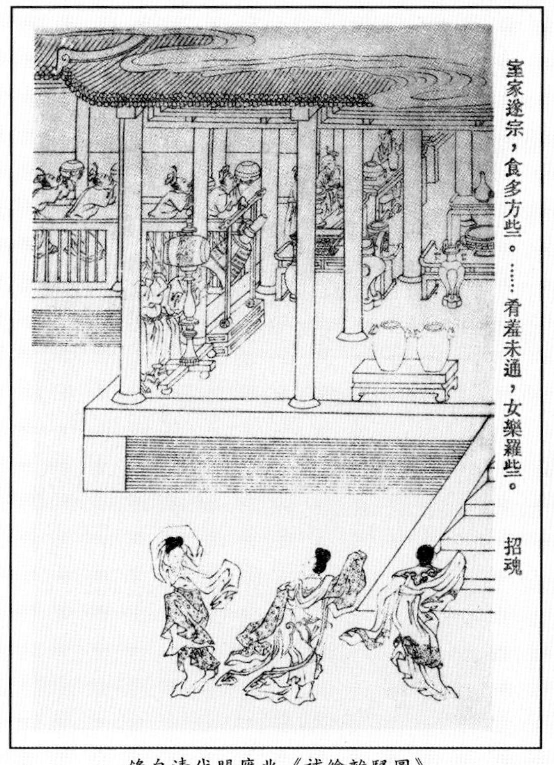

錄自清代門應兆《補繪離騷圖》

被文服纖[98]，麗而不奇些。

長髮曼鬋[99]，豔陸離些[100]。

二八齊容[101]，起鄭舞些[102]。

衽若交竿[103]，撫案下些[104]。

竽瑟狂會[105]，搷鳴鼓些[106]。

宮庭震驚，發《激楚》些[107]。

吳歈蔡謳[108]，奏大呂些[109]。

士女雜坐[110]，亂而不分些。

放陳組纓[111]，班其相紛些[112]。

鄭衛妖玩[113]，來雜陳些。

《激楚》之結[114]，獨秀先些[115]。

菎蔽象棋[116]，有六簙些[117]。

分曹並進[118]，遒相迫些[119]。

成梟而牟[120]，呼五白些[121]。

晉製犀比[122]，費白日些[123]。

鏗鐘搖簴[124]，揳梓瑟些[125]。

娛酒不廢[126]，沉日夜些[127]。

蘭膏明燭，華鐙錯些[128]。

結撰至思[129]，蘭芳假些[130]。

人有所極[131]，同心賦些[132]。

酎飲盡歡，樂先故些[133]。

魂兮歸來！反故居些。

【注釋】

1. 脩門：招魂儀式上紮的牌樓。
2. 工祝：負責祭祀活動的巫官。

3. 背行：倒退着走。先：先行引導。
4. 秦篝齊縷：秦地的竹籠，齊產的絲線。
5. 鄭綿絡：鄭國棉絮織成的衣物。
6. 招具：招魂的用具。該備：齊備。
7. 永：長。
8. 賊奸：邪惡兇險。
9. 像：遺像。
10. 靜：清靜。閒：悠閒。安：安定。
11. 邃宇：深幽的房舍。邃：深。宇：屋宇。
12. 檻：欄杆。軒：走廊。
13. 層、累：都是多重的意思。榭：台上的屋子。
14. 網戶：門上的亮格。朱綴：紅色的連結花紋。綴：連。
15. 刻：雕畫。方：方格。連：連接。
16. 突廈：帶套間的大屋子，指其能禦寒。突（yào）：結構重深之屋。
17. 川谷：大小河流。徑複：曲折縈繞。
18. 潺湲：水流聲。
19. 光：日光。風：輕風。轉：搖動。蕙：香草。
20. 氾（fàn）：波動。崇：叢生。
21. 奧：房屋的深處，內室。
22. 朱塵：紅色的頂棚。塵：承塵，頂棚。筵：竹席。
23. 砥室：用磨平的石頭砌成的屋子。砥：磨平。翠翹：翡翠尾羽的裝飾物。
24. 曲瓊：美玉做成的掛鈎。瓊：美玉。
25. 翡翠珠被：飾有翡翠羽毛和明珠的被子。
26. 爛：燦爛。齊光：一起發光。
27. 蒻（ruò）：柔細。阿：細絹。拂壁：蒙在牆上。
28. 羅：絲織物。幬（chóu）：帳子。張：張開，懸掛。
29. 纂組綺縞：各種顏色的絲帶。纂（zuǎn）：紅色的絲帶。組：五彩的絲帶。綺：有花紋的絲織品。縞（gǎo）：白色的生絹。
30. 結：繫結。琦：美玉。璜：半圓的玉器。
31. 觀：看到的一切。

32. 珍怪：珍貴奇特的東西。
33. 蘭膏：芳香的油脂。
34. 華容：美貌，指美女。
35. 二八侍宿：十六名美女侍候睡覺。
36. 遞代：輪替，更換。
37. 九侯淑女：出身貴族的女子。
38. 迅眾：敏捷出眾。
39. 盛鬋：濃密的鬢髮。鬋（jiǎn）：鬢髮。制：髮式。
40. 實：充實。
41. 好：美貌。比：相當。
42. 順：柔順。彌代：蓋世。
43. 弱顏：嬌弱的容貌。固植：堅貞的品質。
44. 謇：發語詞。有意：有情意。
45. 姱：美好。脩：美麗。
46. 絚(gèng)：同“亙”，連貫。洞房：深幽的房間。
47. 蛾眉：眉毛像飛蛾觸鬚彎曲細長。曼睩：脈脈含情的目光。曼：輕柔悠徐。睩(lù)：眼珠動。
48. 騰：閃動。
49. 靡：細緻。膩：細滑。理：皮膚的紋理。
50. 遺視：投送目光。矊（mián）：含情的目光。
51. 離榭：宮廷外的台榭。脩幕：大帳篷。
52. 閑：閒暇。
53. 壁：牆壁。沙版：丹砂塗飾的窗台版、欄杆版。沙：丹砂。
54. 玄玉：黑色的玉。梁：屋樑。
55. 仰觀：抬頭看。刻桷：刻有花紋的方椽。桷（jué）：方椽。
56. 芙蓉：蓮花。發：開花。
57. 芰荷：蓮的一種，這裡指荷葉。
58. 屏風：即荇菜，生於水中，莖呈紫色。
59. 文：水紋。緣：隨。
60. 文異：斑紋奇異。豹飾：豹皮的裝飾。

61. 侍：侍衛。陂陀（pō tuó）：起伏不平的山坡。

62. 軒：有篷的車子。輬(liáng)：一種較舒適的有窗子的臥車。低：通"抵"，到達。

63. 羅：羅列。

64. 蘭薄：叢生的蘭草。薄：草木叢生。戶樹：栽種在門前。樹：種植。

65. 瓊木：玉樹，指名貴的樹木。籬：圍籬。

66. 何遠為：為何要遠去？

67. 室家：家庭、家族。遂：遍。宗：聚集。

68. 食：食物。多方：多種多樣。

69. 粢（zī）：小米。穱（zhuō）：麥子的一種。

70. 挐（rú）：摻雜。黃粱：黃小米。

71. 大苦：濃烈的苦味。

72. 辛：辣。甘：甜。行：用。

73. 腱（jiàn）：筋。

74. 臑（ér）：熟爛。若：而。

75. 和：調和。若：與。

76. 陳：擺放。吳羹：吳地風味的羹湯。

77. 胹（ér）煮。鼈：甲魚。炮：連毛燃燒。羔：羊羔。

78. 柘漿：甘蔗汁。柘：通"蔗"。

79. 鵠：天鵝。酸：用醋烹。臇（juàn）：一種烹調方法，類似燉。鳧：野鴨。

80. 鴻：大雁。鶬（cāng）：一種形似大雁的水鳥。

81. 露雞：風雞。臛（huò）：未加菜的肉羹，這裡用作動詞。蠵（xī）：一種大龜。

82. 厲：濃烈。爽：楚方言，敗，指不傷胃口。

83. 粔籹（jù nǔ）：用米麵和蜜製成的環形油煎食品。餌：糕餅。

84. 餦餭（zhāng huáng）：糖。

85. 瑤漿：美酒。蜜勺：酒中加蜜。勺：通"酌"。

86. 實：斟滿。羽觴：古代酒具，即爵。

87. 挫糟：擠壓酒糟逼取酒漿。挫：擠壓。凍飲：冷飲。

88. 酎（zhòu）：醇酒。

89. 華酌：華美的酒具。酌：酒斗。

90. 妨：害。

91. 肴：肉菜。羞：精美食品。通：全部。
92. 陳鐘：擺放好編鐘。按：有節奏地敲擊。
93. 《涉江》、《采菱》：與後面的《揚荷》都是楚地歌曲名。
94. 發：發聲，唱歌。
95. 酡（tuó）：飲酒後臉上泛起的紅暈。
96. 娭光：挑逗的目光。娭：同“嬉”，嬉戲。眇（miǎo）：瞥視。
97. 目曾波：目光如水，盪漾着層層波紋。曾：通“層”。
98. 被：同“披”。文：繡花的衣服。服：穿。纖：細。指輕細的絲織品。
99. 曼鬋：濃密下垂的鬢髮。
100. 陸離：光彩斑斕。
101. 二八：兩列十六人的美女。齊：整齊。容：儀容。
102. 鄭舞：鄭國的歌舞。
103. 衽：衣袖。交竿：竹竿相交。
104. 撫、案：都是舞蹈動作。撫：抑，舞蹈結束時收斂的動作。案：通“按”，按着音樂節拍。下：退場。
105. 狂會：熱烈地交奏在一起。
106. 搷（tián）：猛烈地擊鼓。
107. 《激楚》：楚國樂舞。
108. 吳歈：吳地之歌。歈（yú）：歌。蔡謳：蔡地的謠曲。
109. 大呂：樂調名。
110. 士女：男女。
111. 放：放開。陳：展開。組纓：衣帽的帶子。
112. 班：通“斑”，斑雜。紛：紛亂。
113. 妖玩：新奇特異的物品技藝。
114. 結：結尾。
115. 秀：出眾。
116. 菎（kūn）：通“琨”，玉名。蔽：下棋用的籌碼。象：象牙。棋：棋子。
117. 六簙（bó）：古代的一種棋類遊戲。
118. 分曹：分成對手。曹：伴侶。進：進子。
119. 遒（qiú）：緊急。迫：進逼。

120. 成梟：得了頭彩。牟：加倍。

121. 呼：喊。五白：擲骰子時的喊聲，希望五個骰子都成一色。

122. 犀比：一種黃金製成的帶鈎。

123. 費白日：耗盡了白日的時光。

124. 鏗（kēng）：撞擊。簴(jù）：鐘架。

125. 揳（jiá）：彈奏。梓瑟：梓木製成的瑟。

126. 娛酒：飲酒作樂。廢：停。

127. 沉：沉溺。

128. 華鐙：華麗的燭台。錯：錯落。

129. 結撰：構思撰寫。至思：盡力思考。

130. 蘭芳：形容文辭優美。假：借。

131. 人有所極：各人都有獨到之處。

132. 同心賦：同樣用心賦作。

133. 先故：先人故舊。

【串講】

以上是招魂詞正文的第二部分，主要是“內崇楚國之美”，從居室、環境、女色、侍從，寫到飲食、樂舞、遊戲、宴飲，極盡鋪陳誇張之能事，渲染出一個能滿足人的種種慾望的人間樂土，招誘亡魂歸來。各段大意如下：

魂啊歸來吧！快進到這高高的門樓裡，工祝招引着你，面向你倒退着走在前面，秦地的竹籠，齊國的絲線，鄭地的綿絡，招魂的用具都已齊備，長長的聲音在呼喚着你：魂啊歸來吧，回到你的故居。

天地四方，多有邪惡害人的東西。畫像安放在你的居室裡，氣氛是多麼悠閒安靜。高高的廳堂，深深的屋宇，一重重欄杆護持着軒廊。一層層的高台屋榭，臨靠高山。門窗的亮格塗成紅色，雕刻成四方連綴成一片片。冬天有深深的暖屋，夏天屋內很清涼。

溪谷河流穿流縈繞，水聲潺湲，晴天麗日下，輕風吹拂着蕙草，飄漾着叢叢蘭花的香氣。穿過廳堂進入內室，上面是朱紅色的頂棚，下面鋪着竹

蓆。平滑的石牆裝飾着翠鳥的尾羽，懸着美玉的衣鈎，點綴着翠羽和明珠的被子，燦燦發光。細絹的壁衣，張掛着綾羅的床帳。五彩的絲帶，懸垂着精美的玉璜。

室中見到的一切，多珍貴而奇特。點起散發着香氣的油燭，燈火通明，美貌的侍寢女子都已到齊。八人一列排成兩行，一夜夜地輪替。那些出身貴族的女子，大都敏捷而出眾。濃密的鬢髮梳成不同的樣式，充滿了後宮。她們儀態容顏一樣美好，又柔順蓋代。容貌嬌弱，品質堅貞，難得地有情意。美麗的容顏，修長的體態，擠滿了洞房。像蛾子的觸鬚一樣細細彎彎的眉毛，意味悠長的眼波，眸子閃閃發光。光潔的臉龐，細膩的肌膚，投送着脈脈的目光。離宮中的台榭，野營時的帳幕，她們都侍隨你度過空閒的時光。

翡紅翠綠的帷帳，裝飾着高高的廳堂。朱砂漆成的版壁，黑玉鑲嵌的樑棟，抬頭看見雕花的方椽，上面畫着龍蛇的圖案。坐在廳堂間，伏着欄杆，下面可以看見曲折的池塘。蓮花剛剛開放，夾雜着碧綠的荷葉。紫莖的荇菜，隨着水面的波紋微微盪漾。穿着斑紋奇特的豹皮衣飾的武士，侍衛在高高低低的山坡。軒車、輬車到達的地方，就有步騎警衛撒佈在周圍。一叢叢的蘭草，種植在門前，種種的玉樹瓊花圍成了籬笆。魂啊歸來吧！為什麼要飄向遠方呢？

家族中的人都圍聚在你的身旁，吃的東西真是多種多樣，有稻米、小米、穱麥飯，中間又摻雜着黃粱，濃濃的苦、鹹、酸、辣、甜，五味都上全。肥牛的蹄筋，煮得熟爛噴香。酸苦調配得正好的吳羹擺上了案頭。煮甲魚，烤羊羔，還有甘蔗漿，醋烹的天鵝，清燉的野鴨，油煎的大雁與鶬鶴，風雞和龜湯，味道濃郁又不傷胃口。有油糕，有蜜餅，還有飴糖。調了蜜的美酒，斟滿羽觴。擠開酒糟舀出酒漿，冰鎮了來喝真是醇美又清爽。華美的酒具既已擺上，眼前就有如玉的酒漿。歸來啊，回到你的故居吧，來接受人們對你的尊奉，但不要帶給他們災禍呀。

美味佳餚還沒上完，舞女和聲樂就排列在眼前。擺好編鐘，按着鼓點，造一曲新歌。演唱起《涉江》、《采菱》和《揚荷》。美人已經醉了，紅撲撲的臉龐醉成了棗色，撩人的目光裡盪漾着層層春水。她們穿帶着細軟的花衣，端麗而不怪異。長長的頭髮，濃密下垂的雙鬢，顯得光彩照人。

十六人排成兩列，儀容整齊，跳起活潑歡快的鄭舞，甩動的衣袖像竹竿相交，又做着撫、按的動作徐徐退下。竽呀、瑟呀，狂熱地交奏成一片，咚咚的鼓聲響起來，整個宮廷似乎都在隨着樂聲震動，這是《激楚》舞開場了。吳歈蔡謳這些地方小調，伴和着黃鐘大呂的雅樂。

男男女女混坐在一起，不再講究規矩，衣帽的帶子都解開了，座席間斑斑雜雜亂紛紛。鄭、衛等地不合禮節的新異歌舞遊戲，也搬了上來。《激楚》的結尾，最是精彩而激動人心。

美玉的籌碼，象牙的棋子，這裡也有六簙的遊戲。比賽分組同時進行，相互緊逼。有人得了頭彩翻了倍，有人擲着骰子呼“五白”。晉國製的犀比金帶鈎也被拿來作賭注，費盡了白日的好時光。用力敲鐘，鐘架搖動，梓木瑟也在不停地彈奏。飲酒為樂，沒完沒了，白天黑夜都沉浸在裡頭。點起散發着香氣的油燭，燈火通明，華美的燭台高高低低擺滿宮中。構思撰作的人盡力思考着新詞，將蘭花似的芬美糅入文章的藻思。人人都有他的獨到之思，而又同樣用心地賦作。大家飲酒盡歡，讓祖先們的靈魂也得到歡樂。魂啊歸來吧！歸來回到你的故居呀！

【點評】

從蠻荒險惡的四野回到楚宮，一種家園的溫馨和歡樂撲面而來。從居處的華麗，女色的迷人，到飲食的精美，歌舞狂歡的盡情，這一連串的描寫，充滿了誘惑意味，它勾起的是最世俗的慾望，展示的卻是文明的魅力。從把靈魂引入正殿後宮，恣意享受，又有“九侯淑女”侍奉來看，它是把靈魂當作真正的王者對待的。如果說招魂詞的前一部分，以想像的奇異見長的話，後一部分則以寫實的細膩取勝。我們在這裡可以見識到楚文化在各個方面所達到的輝煌，從“魂兮歸來，入脩門些”開始，我們的目光像跟隨着攝影機

的鏡頭，一連串地推拉搖移，近景、中景、遠景、特寫，漸次展開而又跳閃變化：工祝招魂的宗教民俗畫面，亭台樓閣的建築場景，宮室內外的佈置羅列，嬪妃宮女的儀容神情，筵席中的各色美食，歌舞的聲音與動態，甚至撰寫詩賦者苦思冥想的面容，都清清楚楚地出現在我們的面前，空間的轉換中又暗暗滲入了時間的流動，動靜得宜，高潮疊起，許多表現手法都對後來的各種藝術產生了深遠的影響。

亂曰：獻歲發春兮汩吾南征[1]，菉蘋齊葉兮白芷生[2]。

路貫廬江兮左長薄[3]，倚沼畦瀛兮遙望博[4]。

青驪結駟兮齊千乘[5]，懸火延起兮玄顏烝[6]。

步及驟處兮誘騁先[7]，抑騖若通兮引車右還[8]。

與王趨夢兮課後先[9]，君王親發兮憚青兕[10]。

朱明承夜兮時不可淹[11]，皋蘭被徑兮斯路漸[12]。

湛湛江水兮上有楓[13]，目極千里兮傷春心，

魂兮歸來哀江南。

【注釋】

1. 獻歲：進入新年。發春：春氣發動。汩（gǔ）：迅速的樣子。南征：南行。
2. 菉：通“綠”。蘋：水草名。白芷：香草名。
3. 貫：穿過。廬江：地名。長薄：林木叢生的地方。
4. 倚：靠近。沼：池沼。畦：田疇。瀛：浩渺的大水。博：廣闊。
5. 驪（lí）：黑色的馬。齊千乘：千乘齊發。
6. 懸火：驅趕野獸的野火。延起：連綿燒起。玄顏：指天空的顏色。烝：火氣上升。
7. 步；步行。驟：放馬奔跑。誘：嚮導。騁先：跑在前頭。
8. 抑：控制。騖：奔跑。若：順。通：通暢。
9. 王：君王。夢：雲夢澤。課：考較。後先：先後。
10. 發：射箭。憚：“殫”的假借字，斃。兕：野牛。

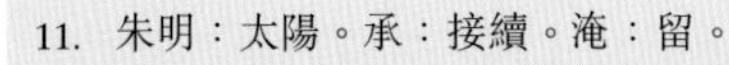

11. 朱明：太陽。承：接續。淹：留。
12. 被：覆蓋。徑：路。斯：此。漸：淹沒。
13. 湛湛：江水清澈幽深的樣子。楓：楓樹。

【串講】

亂辭是《招魂》的最後一部分。歌辭大意如下：

賀獻完新年啊春氣發動，我正急急忙忙地向南趕路。綠色的蘋草長齊了葉子啊白芷初生。道路穿過廬江啊左邊是一帶長長的叢林，靠近湖沼、田疇，一片春水茫茫，遠望天地無限開闊。

青色的馬、黑色的馬，四匹駕起一車啊千乘齊發，燒山的大火連綿不斷啊火氣直沖幽深的天空。徒步的，騎馬的散佈遍野啊嚮導一馬當先。控住奔馬又放開任其奔跑，一連串動作無比順暢啊，引着車子向右轉去。和君王一同奔向雲夢澤啊比賽誰後誰先，君王親自發箭啊射殺青色的野牛。紅色的太陽升起承接着黑夜，時間逝去不肯停留，蘭草覆蓋了道路，從前射獵的道路已淹沒不見。江水清澈幽深啊，岸邊生長着高大的楓樹，目光遙望着千里之外啊傷透了春天的這顆心。魂啊，歸來吧，這是多麼令人哀痛的江南。

【點評】

在《招魂》的最後部分，作者忽然從招魂活動所製造的迷幻空間裡抽身而出，從宮庭生活的喧鬧繁華裡抽身而出，回到自己的現實生活中。這是一個初春時節，草木才剛剛發芽，流放江南的詩人穿過廬江向自己的目的地走去，一路的叢林、池沼、水田，以及廣闊的視野，使他想起當年跟隨楚懷王到雲夢澤狩獵的往事，那種繁華壯麗的景象，好像還在眼前，楚懷王親自射殺青兕的情景，尤其歷歷在目。但此時的他卻已身死異鄉，而荒草也早淹沒了當年射獵走過的路徑。日夜交替，時光永不停留。眼望着清澈幽深的江水，和倒影其中的楓樹，詩人心中湧起了無盡的哀怨："目極千里兮傷春心，魂兮歸來哀江南”，眼望着千里之外遙不可見的懷王亡故之地，深深地呼喚一聲“魂兮歸來”，那滿腔的哀痛好像遍佈了整個春天的江南。《招魂》採取招魂詞的通用題目，採取騷體的表現形式，在繁麗的想像和鋪寫中，帶有個性化傾向。

錄自清代門應兆《補繪離騷圖》

【卜居】

卜居

屈原

屈原既放，三年不得復見[1]，竭知盡忠[2]，而蔽鄣於讒[3]，心煩慮亂[4]，不知所從。乃往見太卜鄭詹尹曰[5]：“余有所疑，願因先生決之[6]。”詹尹乃端策拂龜曰[7]：“君將何以教之？”

屈原曰：“吾寧悃悃款款[8]，樸以忠乎[9]？將送往勞來[10]，斯無窮乎[11]？寧誅鋤草茅[12]，以力耕乎[13]？將遊大人[14]，以成名乎？寧正言不諱[15]，以危身乎[16]？將從俗富貴，以媮生乎[17]？寧超然高舉[18]，以保真乎[19]？將哫訾栗斯[20]，喔咿儒兒[21]，以事婦人乎[22]？寧廉潔正直，以自清乎[23]？將突梯滑稽[24]，如脂如韋[25]，以絜楹乎[26]？寧昂昂若千里之駒乎[27]？將氾氾若水中之鳧乎[28]？與波上下，偷以全吾軀乎[29]？寧與騏驥亢軛乎[30]？將隨駑馬之迹乎？寧與黃鵠比翼乎[31]？將與雞鶩爭食乎[32]？此孰吉孰凶？何去何從？世溷濁而不清[33]，蟬翼為重[34]，千鈞為輕[35]；黃鐘毀棄[36]，瓦釜雷鳴[37]；讒人高張[38]，賢士無名。籲嗟默默兮[39]，誰知吾之廉貞[40]？”

詹尹乃釋策而謝曰[41]：“夫尺有所短，寸有所長，物有所不足，智有所不明[42]，數有所不逮[43]，神有所不通[44]。

用君之心，行君之意。龜策誠不能知此事。”

錄自清代蕭雲從《離騷圖》

【注釋】

1. 復見：再次見到楚王。
2. 竭知盡忠：竭盡心智，用盡忠心。知：通“智”。
3. 蔽鄣：阻隔。鄣：同“障”。讒：讒言。
4. 心煩慮亂：心情煩悶，思慮紛亂。
5. 太卜：掌卜筮的官。鄭詹尹：人名。
6. 因：通過。決：決斷。
7. 端：擺正。策：占筮用的蓍草。拂：拂拭。龜：占卜用的龜殼。
8. 寧：寧可，寧願。悃悃（kǔn）款款：誠實的樣子。
9. 樸：樸實。忠：忠誠，忠厚。
10. 將：還是。勞：慰勞。
11. 斯：這樣。無窮：不斷地做下去。
12. 誅：剪除。草茅：雜草。
13. 力耕：盡力耕作。
14. 遊：交遊，遊説。大人：有聲名地位的人，大人物。
15. 正言：直言。諱：隱瞞，避忌。
16. 危身：給自己帶來危害。
17. 媮生：苟且求生。媮：同“偷”。
18. 超然：超脱的樣子。高舉：舉止高潔，遠離世俗。
19. 保真：保持自己的本性。
20. 哫訾（zǔ zǐ）：即“趑趄”，忸怩，欲言又止的樣子。栗斯：小心謹慎，曲意逢迎的樣子。
21. 喔咿（ō yī）：支吾其詞的樣子。儒兒（rú ní）：柔順屈從的樣子。
22. 事婦人：討好女人。
23. 自清：保持自身的高潔。
24. 突梯：油滑。滑稽（gǔ jī）：圓轉順俗。
25. 如脂：像油脂那樣滑。如韋：像熟牛皮那樣柔韌。
26. 絜（xié）楹：盤旋應酬。
27. 昂昂：特出的樣子。

28. 氾氾（fàn）：漂浮的樣子。梟：野鴨。
29. 偷：苟且偷生。全：保全。吾軀：我自己。
30. 騏驥：駿馬。亢軛（è）：並駕齊驅。亢：通"伉"，並列。軛：車轅前架在馬脖子上的曲木。
31. 黃鵠：大鳥名，天鵝或大雁。
32. 鶩（wù）：鴨。
33. 溷：混亂污濁。
34. 蟬翼：蟬的翅翼，古人常用來比喻物體之輕薄。
35. 鈞：三十斤為一鈞。千鈞，喻其重也。
36. 黃鐘：本為古樂十二律之一，這裡指音律合於黃鐘的銅鐘。毀棄：毀壞，廢棄。
37. 瓦釜：瓦製的鍋。
38. 高張：身居高位，趾高氣揚。
39. 吁嗟：歎氣聲。默默：沉默無言。
40. 廉貞：廉潔，正直。
41. 釋：放下。謝：辭謝。
42. 物：事物。智：才智。
43. 數：數理。不逮：不及。
44. 神：神明。

【串講】

屈原已經被放逐，三年沒能再見到楚王。他竭盡心智，用盡忠心，卻被讒言阻隔。心情煩悶，思慮紛亂，不知該怎樣做。於是去見太卜鄭詹尹，對他說："我有一些疑惑，想借先生的幫助來做出決定。"於是，鄭詹尹擺正蓍草，拭淨龜殼，對他說："您將有何見教？"

屈原說："我是寧可誠誠懇懇，樸樸實實以盡忠呢？還是整天送往迎來，就這樣不斷地做下去呢？我是寧可剷除茅草盡力耕作呢？還是去遊說大人物以求出名呢？我是寧可直言不諱給自己帶來危害呢？還是順隨世俗貪圖富貴苟且偷生呢？我是寧可超然高舉保持自己的本性呢？還是忸怩小心、支吾柔順，討好女人呢？我是寧可廉潔正直以保持自身的高潔呢？還是油滑圓轉，像油脂，像熟牛皮，周旋應酬呢？我是寧可志氣昂昂像千里馬呢？還是像水中漂浮的野鴨，隨波上下，苟且偷生以保全自己呢？我是寧可同騏驥一道駕轅呢？還是跟隨駑馬的足迹呢？我是寧可與黃鵠比翼飛翔呢？還是和雞鴨在一起爭食呢？這些做法哪個吉哪個凶？我該何去何從呢？世間混亂污濁而分不清是非，蟬翼被當作重東西，千鈞卻被説成輕。黃鐘被毀棄，瓦鍋卻響聲如雷。讒人身居高位，趾高氣揚，賢士卻沒有聲名。唉聲歎氣、沉默無言啊，誰又知道我的廉潔，正直？”

鄭詹尹放下蓍草辭謝説：“尺有所短，寸有所長，事物有不足，智慧有不明，數理有不能及，神明有不能通。按您的心思去想，按您的意思去做吧，這樣的問題，龜殼與蓍草實在不能知道。”

【點評】

卜居的意思，説白了就是求問處身之道。在古人，龜策本來是用來決疑的，但遇到屈原這樣的問題，占卜者卻只能遜謝龜策的無能。屈原在這裡揭示的世態人心與生活矛盾，其是非並不難判明，他的提問方式本身，其實已包含着鮮明的價值判斷，那樣一種憤激的情緒，也已再清楚不過地表明了他的選擇。然而，明白了事理不等於就解決了矛盾，作為一個難題，他所提出的一切，真正困擾人之處，卻在生活實踐的層面。自古至今，這樣的問題從來就存在，也從來沒有得到真正的解決。《卜居》的意義，正在於表現出了這樣一種普遍的人生困境和生存體驗。

在寫法上，《卜居》也很獨特，這是一種近乎散文詩的寫法。它所開創的主客問答結構和反諷語調，對後世文學，尤其是漢賦產生了很大的影響。

【漁父】

漁父

屈原

屈原既放[1]，遊於江潭[2]，行吟澤畔[3]，顏色憔悴[4]，形容枯槁[5]。漁父見而問之曰[6]："子非三閭大夫與[7]？何故至於斯[8]？"

屈原曰："舉世皆濁我獨清[9]，眾人皆醉我獨醒，是以見放[10]。"

漁父曰："聖人不凝滯於物[11]，而能與世推移[12]。世人皆濁，何不淈其泥而揚其波[13]？眾人皆醉，何不餔其糟而歠其釃[14]？何故深思高舉[15]，自令放為[16]？"

屈原曰："吾聞之，新沐者必彈冠[17]，新浴者必振衣[18]；安能以身之察察[19]，受物之汶汶者乎[20]？寧赴湘流[21]，葬於江魚之腹中。安能以皓皓之白，而蒙世俗之塵埃乎[22]？"

漁父莞爾而笑[23]，鼓枻而去[24]，乃歌曰："滄浪之水清兮[25]，可以濯吾纓[26]。滄浪之水濁兮，可以濯吾足。"遂去不復與言[27]。

【注釋】

1. 既：已經。放：放逐，流放。

2. 遊：遊蕩，漫遊。江潭：泛指江河湖泊。
3. 行吟：邊走邊吟。澤畔：水邊。
4. 顏色：臉色。憔悴（qiáo cuì）：瘦弱有病的樣子。
5. 形容：形體和容貌。枯槁（gǎo）：乾枯瘦弱的樣子。
6. 漁父：打漁的人。漁翁。
7. 子：您。三閭大夫：屈原擔任過的官職，掌管楚國王族昭、屈、景三姓的宗族事務。與：語氣詞。
8. 斯：此，這樣。
9. 舉：全。濁：渾濁。
10. 是以：因此。見放：被放逐。
11. 凝滯：執着，拘泥。凝：凝結。滯：停留。物：外界事物。
12. 與世推移：隨社會風氣改變自己。
13. 淈（gǔ）：攪渾。揚：掀起。
14. 餔（bǔ）：吃。糟：酒糟。歠（chuò）：飲。釃（lí）：薄酒。
15. 深思高舉：思想深遠行為高潔。
16. 令：使。為：語氣詞。
17. 沐：洗頭。彈冠：彈去帽子上的灰塵。
18. 浴：洗澡。振衣：抖落衣服上的灰塵。
19. 安能：怎能。身：身體。察察：潔淨的樣子。
20. 受：蒙受。汶汶（mén）：晦暗、不潔的樣子。
21. 寧：寧肯。湘流：湘江。
22. 蒙：蒙受。
23. 莞（wǎn）爾：微笑的樣子。
24. 鼓：划動。枻（yì）：船槳。
25. 滄浪：水名。
26. 濯：洗滌。纓：帽帶。
27. 不復與言：不再和他說什麼。

【串講】

屈原已被放逐，漫遊在江河湖泊之間，沿着水邊邊走邊吟。面色憔悴，形貌乾枯瘦弱。漁翁見了，問他説：“您不是三閭大夫嗎？什麼原因讓你變成這個樣子？”

屈原説：“整個世間一片渾濁唯獨我清明，眾人都醉着唯獨我清醒。所以我被放逐。”

漁翁説：“聖人不膠着於外物，而能隨着世情改變自己。世人都渾濁，你何不也攪渾泥沙而揚起水波？眾人都醉着，你何不也吃一些酒糟飲一點薄酒？為什麼要想得那麼深，行為那麼高潔，自己讓自己遭受放逐呢？”

屈原説：“我聽説，新洗了頭的人一定要彈一彈帽子，新洗完澡的人一定要抖一抖衣服。怎麼能以身體的乾乾淨淨，去蒙受衣物的晦暗不潔？我寧願投身江流，葬身江魚腹中。又怎能以潔白的情操，去蒙受世俗的塵埃呢？”

漁翁莞爾而笑，揮動船槳遠離而去。放聲唱歌道：“滄浪之水清啊，可以洗我的帽纓。滄浪之水濁啊，可以洗我的腳。”就這樣離去了，不再説什麼。

【點評】

不必真有一個漁父，這故事頗似《莊子》中那些以莊周為主角的寓言，它很可能只是一種藝術的虛構，但卻深刻地抒寫出了作者的內心真實。兩千多年前的屈原，面對的其實是一對具有永恆意味的矛盾：個體人格與不適於這種人格存在的社會環境之間的衝突。屈原的身世際遇，將他推迫到這樣一種抉擇面前，要麼保持人格的清白與獨立，要麼順隨環境，同流合污，前者的後果無疑是悲劇性的，對屈原來説，它意味着放逐，意味着苦難，甚至意味着現實生存可能的失去；後者的結果也是悲劇性的，而且是更深刻的悲劇，個體人格的喪失，也就意味着靈魂，亦即決定一個人之所以為人的東西的喪失。“漁父”的説辭，看上去頗有幾分道理，但是，“向一個人建議他

應當成為其他的某些人，這就好像是向他建議説他應該停止成為他自己”(烏納穆諾《生命的悲劇意識》)。《漁父》中的對答，可以看作屈原內心兩種傾向的對搏，個體人格在這裡獲得了勝利，但問題似乎並沒有被解決，莞爾而笑，鼓枻而去的漁父最後所唱的歌似乎在暗示着另一種可能的合理，屈原在這裡是被自己肯定着呢，還是懷疑着？

明萬曆（1593年）刻歷代聖賢像贊本

【九辯】

九辯

宋玉

在神話傳説裡，《九辯》和《九歌》一樣，原是天帝的樂歌，是夏啓將它偷到了人間，這就暗示着，《九辯》原是一種古老的巫歌。"九辯"的"辯"字與"變"相通，"九辯"可能指的是樂曲的九次變奏，當然，"九"也不一定是實指，而更可能是極言其變化之繁複。《楚辭》中的《九辯》，是宋玉所作的一首抒情長詩，雖然沿用了《九辯》的名字，卻已蕩去了巫風的痕迹，而成為歌詠人性的動人篇章。宋玉是屈原以外最重要的楚辭作者，生活時代略後於屈原，相傳為屈原弟子，曾做過楚王的文學侍從小臣。作品除《九辯》外，尚有《風賦》、《高唐賦》、《神女賦》、《登徒子好色賦》、《對楚王問》等散文賦。

悲哉！秋之為氣也。蕭瑟兮草木搖落而變衰[1]，

憭栗兮若在遠行[2]，登山臨水兮送將歸。

泬寥兮天高而氣清[3]，寂寥兮收潦而水清[4]。

憯淒增欷兮薄寒之中人[5]，愴怳懭悢兮去故而就新[6]。

坎廩兮貧士失職而志不平[7]，廓落兮羈旅而無友生[8]，

惆悵兮而私自憐[9]。

燕翩翩其辭歸兮[10]，蟬寂漠而無聲[11]。

雁廱廱而南遊兮[12]，鵾雞啁哳而悲鳴[13]。

獨申旦而不寐兮[14]，哀蟋蟀之宵征[15]。

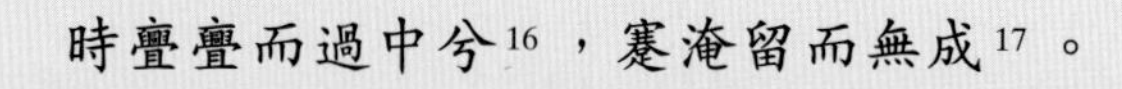
時亹亹而過中兮[16]，蹇淹留而無成[17]。

【注釋】

1. 蕭瑟：秋風吹動草木的聲音。搖落：動搖、飄落。
2. 憭栗（liáo lì）：淒涼的樣子。
3. 泬寥（xuè liáo）：空曠冷清的樣子。
4. 收潦：潦水退盡，也就是說雨停了。潦（lǎo）：積聚的雨水。
5. 憯（cǎn）淒：悲傷。欷：欷歔，悲歎聲。薄寒：輕寒。中：侵襲。
6. 愴怳（chuàng huǎng）：失意的樣子。懭悢（kuàng lǎng）：不得志的樣子。
7. 坎廩（kǎn lǐn）：坎坷不平。失職：丟了職位。志：心志。
8. 廓落：空曠寂寥的樣子。羈旅：滯留他鄉。友生：朋友。
9. 惆悵：傷感的樣子。私：私下。
10. 翩翩：輕快地飛翔的樣子。
11. 寂漠：同“寂寞”，寂靜。
12. 廱廱（yōng）：和諧的鳴叫聲。
13. 鵾(kūn）雞：鳥名，形似鶴，黃白色。啁哳（zhāo zhā）：聲音繁雜細碎。
14. 申：到。旦：天明。
15. 宵：夜晚。征：行，這裡指跳動。
16. 亹亹（wěi）：前進的樣子。過中：過半。
17. 蹇：發語詞。淹留：停留。

【串講】

第一節大意如下：

悲涼呀秋天的氣息！蕭瑟啊草木搖落而衰殘凋零。淒涼呀如置身遙遠的行旅，彷彿登山臨水送別即將歸去的好友至親。

曠蕩啊天宇高遠空氣清明，冷清啊積潦退盡江河水清。悲悲戚戚更增歎息啊薄寒之傷人，灰心喪氣啊離開故舊投奔新的環境。坎坷啊貧士失職而心氣不平，空曠冷落啊人在旅途沒有朋友，惆悵啊暗自憐憫。

燕子翩飛辭歸南行，蟬兒寂寞不見聲音。大雁廱廱叫着向南飛去，鵾雞聲聲，悲鳴不已。獨自一人通宵難眠，聽見蟋蟀在夜晚跳來跳去，悲歎生命是多麼的匆促。一年的時光漸漸已過半，一切仍停頓在這兒一事無成。

【點評】

《九辯》最早揭示了一種影響深遠的"悲秋"母題，一種心理時間、或心理時令的感受，並成為民族集體潛意識。它一開頭，撲面給人一種秋天的清冷氣息。"悲哉！秋之為氣也。蕭瑟兮草木搖落而變衰。"這成了令人心弦顫動的絕唱。接下去的描寫，環境與心境交錯，他要表現的不僅是秋之形，更是秋之心。草木搖落，天高氣爽，江河水清，薄寒中人，大雁南飛，這是秋天的自然景象；若在遠行，登山臨水，去故就新，貧士失職，羈旅孤單，深宵不寐，這是人的活動與境遇。後者仿佛一幅幅真實的畫面，實際卻是一種心境，是關於秋天的一連串隱喻。而它們又共同指向作者的一種感傷心緒："時亹亹而過中兮，蹇淹留而無成。"這裡的時光過半，指的秋天，還是人生？是一年，還是一生？從這一節看，像是前者，從全篇看卻是後者，是作者對於自己命運的一種深深悲歎。

錄自清代門應兆《補繪離騷圖》

悲憂窮戚兮獨處廓[1]，有美一人兮心不繹[2]。

去鄉離家兮徠遠客[3]，超逍遙兮今焉薄[4]。

專思君兮不可化[5]，君不知兮可奈何！

蓄怨兮積思，心煩憺兮忘食事[6]。

願一見兮道余意，君之心兮與余異。

車既駕兮朅而歸[7]，不得見兮心傷悲。

倚結軨兮長太息[8]，涕潺湲兮下霑軾[9]。

忼慨絕兮不得[10]，中瞀亂兮迷惑[11]。

私自憐兮何極[12]？心怦怦兮諒直[13]。

【注釋】

1. 窮戚：窮困、憂戚。戚：通“蹙”。廓：空曠、空寂。
2. 不繹：紛亂，沒頭緒。繹：抽絲，整理頭緒。
3. 徠：同“來”。客：作客，客居。
4. 超：遙遠。逍遙：閒散的樣子。焉：哪裡。薄：止，停留。
5. 專：專一。化：改變。
6. 煩憺（dàn）：煩悶憂鬱。食事：吃飯做事。
7. 朅（qiè）：離去。
8. 倚：靠。結軨（líng）：橫直交結的車欄。
9. 涕：淚水。潺湲：水流不斷的樣子。霑：打濕。軾：車前供人伏靠的橫木。
10. 忼慨：同“慷慨”，意氣激昂的樣子。絕：斷絕。
11. 中：心中。瞀（mào）：昏亂。

12. 極：終結。
13. 諒直：忠誠正直。

【串講】

第二節大意如下：

悲愁憂傷啊獨處這空寂的曠野，有一個美好的人兒啊心緒不寧。告別家鄉離開故里啊來做遠客，無着無落啊如今要去哪裡？一心思君啊不可變易，君不知情啊又能怎樣呢？積滿懷的愁怨啊積滿懷的相思，心緒煩悶啊飯也忘記吃。但願一見啊傾吐心意，君的心啊與我相異。車已駕起啊去而復回，不得見君啊滿心傷悲。倚着車欄啊長聲歎息，淚水長流啊打濕車軾。慷慨斷念啊難以做到，內心煩亂啊迷離困惑。暗自哀憐啊何時完結？心兒怦怦啊忠誠正直。

【點評】

在寂寥淒清的秋之背景中，忽然出現了一個人。這個去鄉離家，哀怨徘徊，一腔忠心無處吐訴，淚水不絕的人是誰呢？是屈原，還是宋玉自己？學者們常常為此爭來爭去，但我們何不也把它看作是一種具有普遍意義的象徵，可以是屈原，可以是宋玉，也可以是別的有相同懷抱的人。杜甫說“搖落深知宋玉悲，風流儒雅是吾師”，直到千年後夔門的那個秋天，不是還有一個叫杜子美的人“悲憂窮戚兮獨處廓，有美一人兮心不繹”嗎？

皇天平分四時兮[1]，竊獨悲此廩秋[2]。
白露既下百草兮，奄離披此梧楸[3]。
去白日之昭昭兮[4]，襲長夜之悠悠[5]。
離芳藹之方壯兮[6]，余萎約而悲愁[7]。

秋既先戒以白露兮[8]，冬又申之以嚴霜[9]。
收恢台之孟夏兮[10]，然欿傺而沉藏[11]。
葉菸邑而無色兮[12]，枝煩挐而交橫[13]。
顏淫溢而將罷兮[14]，柯彷彿而萎黃[15]。
萷櫹椮之可哀兮[16]，形銷鑠而瘀傷[17]。
惟其紛糅而將落兮[18]，恨其失時而無當[19]。

擥騑轡而下節兮[20]，聊逍遙以相佯[21]。
歲忽忽而遒盡兮[22]，恐余壽之弗將[23]。
悼余生之不時兮[24]，逢此世之俇攘[25]。
澹容與而獨倚兮[26]，蟋蟀鳴此西堂。
心怵惕而震盪兮[27]，何所憂之多方[28]。
卬明月而太息兮[29]，步列星而極明[30]。

錄自清代門應兆《補繪離騷圖》

【注釋】

1. 皇天：上天。平分：平均分配。四時：四季。
2. 竊：暗自。廩：寒冷。
3. 奄：忽然。離披：分散，指枝葉飄零。梧楸：梧桐、楸樹。
4. 昭昭：光明的樣子。
5. 襲：侵入。
6. 離：離別。藹：繁茂。壯：壯年。

7. 萎約：萎縮。
8. 戒：警戒。
9. 申之：加上。
10. 恢台：廣大的樣子。孟夏：初夏。
11. 然：於是。欿（kǎn）：通"坎"，陷落。傺（chì）：停止。沉藏：沉埋，掩藏。
12. 菸（yū）邑：晦暗，凋敗。
13. 煩挐（nú）：紛亂的樣子。交橫：交叉縱橫。
14. 顏：指枝葉的形象色澤。淫溢：繁盛過度。罷（pí）：疲勞，此句指秋葉將由深綠或紅豔轉向凋零。
15. 柯：樹枝。仿佛：模糊。
16. 萷：同"梢"。櫹槮（xiāo sēn）：沒有葉子的樹枝指向天空的樣子。
17. 銷鑠：毀壞。瘀傷：本指動物受傷後皮下血瘀而出現的青紫，這裡指樹木表皮上出現的枯黑斑紋。
18. 惟：思。紛糅：眾多而交錯的樣子。
19. 恨：遺憾。失時：失去生長之時。
20. 攬：執、持。騑（fēi）：車駕兩邊的馬，也叫驂。轡（pèi）：韁繩。下節：停車。
21. 聊：姑且。逍遙：悠閒安適的樣子。相佯：即徜徉，漫步遊玩。
22. 遒（qiú）：迫近。
23. 壽：壽命。弗將：不長。
24. 悼：悲歎。
25. 俇攘（kuāng rǎng）：動亂。
26. 澹：安閒的樣子。容與：從容閒散的樣子。倚：立。
27. 怵（chù）惕：驚慌憂懼的樣子。
28. 多方：多種多樣。
29. 卬：同"仰"。太息：長歎。
30. 步列星：徘徊仰望天上的群星。極明：到天亮。極：至。

【串講】

第三節大意如下：

上天平分一年四季啊，私自獨悲這凜冽的秋天。白露已降到了百草之上啊，忽然就使這些梧桐、楸樹枝葉飄零。夏天明亮的白日漸漸減退，暗暗襲來的是冬季漫漫的長夜。離開芳菲繁茂的壯盛歲月，我枯萎抽縮而充滿愁鬱。秋天既然已先用白露示警，冬天又增加了嚴霜的打擊。收斂起廣育萬物的初夏氣候啊，生機下降停頓而沉埋。樹葉枯敗而失色，細枝紛亂而交橫。顏色濃豔過度將衰竭，大枝皮色模糊而枯黃。樹梢光禿聳立令人心悲，樹身損傷斑痕纍纍。想到它紛亂縱橫將要凋落，就讓人悵恨它失去了適宜的生長時機。

拉住馬繮讓車子緩緩而行，暫且逍逍遙遙漫遊徘徊。時光匆匆一年又將盡，恐怕我的年壽也不久長。悲歎我生不逢時啊，遇到這時世的動亂擾攘。從容漫步悄然獨立啊，聽蟋蟀鳴叫在此西堂。驚慌憂懼心情震盪啊，為何我的憂愁如此多端？仰望明月長聲歎息啊，徘徊仰望天上的群星直到天亮。

【點評】

在屈原的作品中，我們常常見到一種時光匆匆，歲月不留的憂懼。到宋玉的《九辯》中，這種感覺變得更加強烈，而且更有現實的切迫感："離芳藹之方壯兮，余萎約而悲愁"，恐懼仿佛已變成了現實，一場白露，幾經秋霜之後，草木變得："葉菸邑而無色兮，枝煩挐而交橫。顏淫溢而將罷兮，柯仿佛而萎黃。萷櫹槮之可哀兮，形銷鑠而瘀傷。"這真是一段令人傷心慘目的描繪，雖然說的是草木，但何嘗又不是人生，是人有關生命的一種深切體驗？"歲忽忽而遒盡兮，恐余壽之弗將"，死亡仿佛已經洞張開了虛無的大口，在引着詩人探頭張望，讓他心懷悵惘地度過一個個無眠的夜晚。

竊悲夫蕙華之曾敷兮[1]，紛旖旎乎都房[2]。

何曾華之無實兮[3]，從風雨而飛颺[4]。

以為君獨服此蕙兮[5]，羌無以異於眾芳[6]。

閔奇思之不通兮[7]，將去君而高翔。

心閔憐之慘淒兮[8]，願一見而有明[9]。

重無怨而生離兮[10]，中結軫而增傷[11]。

豈不鬱陶而思君兮[12]？君之門以九重。

猛犬狺狺而迎吠兮[13]，關梁閉而不通[14]。

皇天淫溢而秋霖兮[15]，后土何時而得漧[16]？

塊獨守此無澤兮[17]，仰浮雲而永歎[18]！

【注釋】

1. 蕙華：蕙花。敷（fū）：開放。
2. 紛：眾多的樣子。旖旎（yǐ nǐ）：繁盛的樣子。都房：華堂。
3. 何：為何。曾華：層層的花瓣。曾：通“層”。實：果實。
4. 從：隨着。飛颺：飛散飄揚。
5. 服：佩帶。
6. 羌：發語詞。
7. 閔：傷感。奇思：不平凡的思想。通：通達。
8. 閔憐：憂傷、自憐。
9. 有明：有所表白，有所剖明。
10. 重：難。
11. 中：內心。結軫：鬱結而沉痛。軫（zhěn）：傷痛。

12. 鬱陶：鬱結愁悶。
13. 猏猏（yín）：狗叫聲。
14. 關：關門。梁：橋樑。
15. 淫溢：因久雨而積水泛濫。霖：久雨。
16. 后土：大地。漧：同“乾”。
17. 塊：孤獨。無：“蕪”的假借字。澤：積水之地。
18. 永：長。

【串講】

第四節大意如下：

暗自悲惜那蕙花的層層開放啊，繽紛爭豔在華美的廳堂。為何花瓣層層卻沒有果實啊，隨風雨而飛散飄揚。總以為君只會佩戴這種蕙花啊，竟然看它與一般花朵沒有什麼兩樣。可憐奇思不能通達啊，將要離君而高飛遠翔。心有所憫慘慘淒淒啊，但願見君一面表明真情。雖在並無怨恨卻要生生離別啊，內心鬱結沉痛又增傷悲。豈能不鬱鬱陶陶思念於君啊，君之門深隔九重。猛犬猏猏迎人而吠啊，關門橋樑緊閉不能通行。天空不停下着過度的秋雨啊，大地何時才能乾爽。孤獨守候着這片荒蕪的澤地啊，仰望浮雲長長歎息。

【點評】

痛苦的心中纏結着諸多的往事，回憶包裹着反思。《九辯》的許多地方，確實可以看出一些屈原生活的印迹。許多意思，許多話，仿佛都是屈原説過的，但這卻不是重複，而是回味。隔了一段時空，心理上也拉開了一段距離。多了傷感，少了憤激。蕙花的開放、飄零，將去君時的痛苦，猏猏的犬吠，緊閉的關樑，都像閃回的電影畫面，因了不同時空的對照，顯出了別一種意味。在淋淋的秋雨中，孤獨地呆在一片荒野，回思往事，是怎樣地蒼涼而悲哀啊！

何時俗之工巧兮[1]，背繩墨而改錯[2]！
卻騏驥而不乘兮[3]，策駑駘而取路[4]。
當世豈無騏驥兮，誠莫之能善御[5]。
見執轡者非其人兮[6]，故駶跳而遠去[7]。
鳧雁皆唼夫梁藻兮[8]，鳳愈飄翔而高舉[9]。

圜鑿而方枘兮[10]，吾固知其鉏鋙而難入[11]。
眾鳥皆有所登棲兮[12]，鳳獨遑遑而無所集[13]。
願銜枚而無言兮[14]，嘗被君之渥洽[15]。
太公九十乃顯榮兮[16]，誠未遇其匹合[17]。

謂騏驥兮安歸[18]？謂鳳凰兮安棲？
變古易俗兮世衰[19]，今之相者兮舉肥[20]。
騏驥伏匿而不見兮[21]，鳳凰高飛而不下。
鳥獸猶知懷德兮[22]，何云賢士之不處[23]？
驥不驟進而求服兮[24]，鳳亦不貪餧而妄食[25]。
君棄遠而不察兮，雖願忠其焉得？
欲寂漠而絕端兮[26]，竊不敢忘初之厚德[27]。
獨悲愁其傷人兮，馮鬱鬱其何極[28]？

錄自清代門應兆《補繪離騷圖》

【注釋】

1. 工巧：工於取巧。
2. 繩墨：標準、規矩。錯：通“措”，措施。
3. 卻：推辭，拒絕。騏驥：駿馬。乘：騎乘。
4. 策：馬鞭。這裡作動詞，鞭打。駑駘：劣馬。取路：趕路。
5. 御：駕馭，御使。
6. 執轡者：駕車人。
7. 駶跳：蹦跳，跳躍。
8. 鳧（fú）：野鴨。唼（shà）：魚、鳥吃東西的樣子。梁：魚梁。藻：水草。
9. 高舉：高飛。
10. 圜：同“圓”。鑿：榫眼。枘：榫頭。
11. 鉏鋙（jǔ yǔ）：不相合。
12. 登：飛升。
13. 遑遑：不安定的樣子。無所集：無棲身之處。
14. 銜枚：口含行枚以防止說話。枚：一種形似筷子的竹條或木條，古人行軍打仗時用來防止人馬語聲泄漏機密。
15. 被：蒙受。渥洽：深厚的恩澤。渥：厚。
16. 太公：姜太公。
17. 匹合：與他匹配的君主。
18. 謂：問。
19. 世衰：世道衰微。
20. 相者：相馬人。舉肥：只是舉薦肥馬。
21. 伏匿：隱藏。
22. 懷德：懷戀有德之人。
23. 不處：不留。處：居留。
24. 驟：急。服：駕車。
25. 餧：同“餵”。妄食：亂吃。
26. 寂漠：同“寂寞”。絕端：斷絕思緒。
27. 初：當初，從前。
28. 馮：憤懣。鬱鬱：愁懷鬱結的樣子。何極：哪裡是盡頭。

【串講】

第五節大意如下：

時俗是多麼善於投機取巧啊，不顧繩墨而亂改措施。拒絕駿馬不去乘騎啊，鞭打着駑馬趕路。當今之世豈無駿馬啊，實在是無人有本領駕馭。看到手握繮繩者不是適當的趕車人啊，所以就蹦跳着遠遠跑開去。野鴨大雁在魚梁水藻間吃魚啊，鳳凰更加高飛飄翔向遙遠的天際。圓形的榫眼方形的榫頭啊，我本就知道它們參參差差不能契合。眾鳥都有飛升棲息之處啊，唯獨鳳凰遑遑難安無處棲落。本想口含行枚不再説話啊，卻曾受過君的恩澤。姜太公九十歲才得顯赫榮華啊，確實未能及早遇見與他相配的明君。問騏驥將要歸向何方？問鳳凰將要到哪裡停棲？變古易俗啊世態衰微，今天的相馬人只知挑肥。騏驥隱藏不肯出現啊，鳳凰高飛不肯落下。鳥獸還知道懷戀有德之人啊，又怎能責怪賢士不願留在這裡？駿馬不會急着要求駕車啊，鳳凰也不會貪求餵養亂吃東西。君王遠遠地拋開我而不體察啊，雖願效忠又怎麼可能？想自甘寂寞割斷一切頭緒啊，暗暗思量不敢忘記當初對我的厚德。孤獨悲愁多麼地傷人啊，憤懣鬱鬱何時有個完結？

【點評】

批判現實的鋒芒，主要指向朝廷的用人問題。批判的物件，既有“時俗”，又有“執轡者”和“相者”。時俗的“工巧”和執轡者的“非其人”，造成的是騏驥伏匿，鳳凰高飛，朝中無人的結局。宋玉生活的時代稍後於屈原，在政治鬥爭的漩渦中陷得不像屈原那樣深，這使他有可能從一種比屈原更冷靜，也更客觀的角度去認識發生在楚國朝廷裡的一切。他這一番有關騏驥、鳳凰的話，既可看作是對被放逐的屈原的理解，也可看作是對陷入危局的楚國政治的反思，其間也可能夾雜着他自己“貧士失職”的怨憤和不平。

霜露慘淒而交下兮[1]，心尚幸其弗濟[2]。
霰雪雰糅其增加兮[3]，乃知遭命之將至[4]。

願徼幸而有待兮[5]，泊莽莽與野草同死[6]。
願自直而徑往兮[7]，路壅絕而不通[8]。
欲循道而平驅兮[9]，又未知其所從。
然中路而迷惑兮[10]，自壓按而學誦[11]。
性愚陋以褊淺兮[12]，信未達乎從容[13]。
竊美申包胥之氣盛兮[14]，恐時世之不固[15]。

何時俗之工巧兮，滅規矩而改鑿[16]！
獨耿介而不隨兮[17]，願慕先聖之遺教。
處濁世而顯榮兮[18]，非余心之所樂。
與其無義而有名兮，寧窮處而守高。
食不媮而為飽兮[19]，衣不苟而為溫[20]。
竊慕詩人之遺風兮[21]，願託志乎"素餐"[22]。
蹇充倔而無端兮[23]，泊莽莽而無垠[24]。
無衣裘以御冬兮，恐溘死不得見乎陽春[25]。

【注釋】

1. 交：並。
2. 幸：希望。弗濟：不濟，不成氣候。
3. 霰（xiàn）：雪珠。雰（fēn）：雪大的樣子。糅：紛雜。
4. 遭命：所要遭受的惡運。
5. 徼幸：同"僥倖"。有待：有所等待。
6. 泊：通"薄"，廣大的樣子。莽莽：荒野草木叢生的樣子。
7. 自直：自辯曲直。徑：直接。
8. 壅：堵塞。
9. 循道：順着大道。平驅：平穩地驅馳。
10. 然：乃。中路：半道。
11. 壓按：自抑，克制。學誦：學習誦詩。
12. 愚陋：愚鈍淺薄。陋：見識少。褊：狹隘。
13. 信：確實。從容：從容不迫。
14. 美：讚美。申包胥：春秋時楚國大夫。楚昭王十年，伍子胥率吳軍攻破郢都，楚昭王出逃在外，申包胥向秦國求救，站在秦廷哭了七天七夜，感動秦哀公發兵援楚，打退了吳軍，楚國得以復國。氣盛：愛國之氣壯盛。
15. 不固：不同從前。
16. 規矩：規和矩分別是木工用來量定圓、方的工具，比喻正常的標準和尺度。改鑿：改鑿孔眼。
17. 耿介：光明正直。隨：隨波逐流。
18. 顯榮：尊顯榮貴。
19. 婾：同"偷"，苟且。
20. 苟：苟且。
21. 詩人：《詩經》中那些詩篇的作者。遺風：留傳下來的風範。
22. 託志：寄託情志。乎：於。"素餐"："不素餐"的省略。《詩經 · 魏風 · 伐檀》有"彼君子兮，不素餐兮"之句。"不素餐"，就是說不白吃飯。
23. 蹇（jiǎn）：通"謇"，發語詞。充倔：自滿的樣子。無端：無邊。
24. 泊：通"薄"，廣大的樣子。莽莽：荒野草木叢生的樣子。無垠：無邊。
25. 溘：突然。陽春：溫暖的春天。

【串講】

第六節大意如下：

霜露慘淒交織着降下啊，心裡還存有僥倖希望它們成不了氣候。雪珠、雪片攪在一起越下越大啊，這才知道所要遭受的惡運即將來臨。仍願心存僥倖有所期待啊，荒野莽莽將與野草同死。本想自辯曲直直接去見君王啊，道路阻塞不能通行。本想順着大道穩穩前進啊，又不知該遵從什麼。走到半道就覺迷惑啊，壓抑克制而去學習誦詩。生性愚陋狹隘膚淺啊，實在未能達到裕如從容。暗自讚美申包胥的志氣壯盛啊，恐怕時世已與從前大為不同。

為何時俗是那麼投機取巧啊，毀棄規矩而改變鑿孔。獨守光明正直不想隨波逐流啊，我願追慕前代聖人的遺教。身處濁世顯達榮華啊，本非我心中所樂之事。與其無義而有名啊，寧肯身處窮困堅守清高。吃飯不苟且求飽啊，穿衣不苟且求溫。暗自愛慕作《詩》之人的遺風啊，願寄心志於"不素餐兮"的歌聲。充實倔強沒完沒了啊，就只能置身於莽莽荒野沒有盡頭。沒有衣服皮袍來抵禦寒冬啊，恐怕要突然死去再也見不到溫暖的陽春。

【點評】

這裡又回到秋天的描寫和隱喻上來，從霜露交下到霰雪雰糅，是由深秋而漸入寒冬。接連不斷的打擊，終於使人失去了心存的僥倖，而對將要襲來的惡運有了思想準備。但絕望之後仍有所希望，有所期待，"願徼幸而有待兮，泊莽莽與野草同死。"在處身茫茫荒野，眼見得將與野草同死的環境命運中，人不能不抱着最後的一線希望。想去直接剖白自己，卻無法做到；想平平穩穩向前走，又不知何所適從。後一說法，實際上是說想試着改變自己，卻無法改變，生性和志向都不許自己去學習"時俗之工巧"，"處濁世而顯榮兮，非余心之所樂。與其無義而有名兮，寧窮處而守高。"既然如此，那就只有處身荒野，過"無衣裘以御冬兮，恐溘死不得見乎陽春"的日子了。這裡的描寫，固然以屈原的命運為原型，但那一種對於貧寒的體驗，卻更像是出自一個“貧士”之口的，這也未必不透露着宋玉的一種處境與心境。

明代彩繪歷代聖賢圖像本

靚杪秋之遙夜兮[1]，心繚悷而有哀[2]。
春秋逴逴而日高兮[3]，然惆悵而自悲。
四時遞來而卒歲兮[4]，陰陽不可與儷偕[5]。
白日晼晚其將入兮[6]，明月銷鑠而減毀[7]。
歲忽忽而遒盡兮[8]，老冉冉而愈弛[9]。
心搖悅而日幸兮[10]，然怊悵而無冀[11]。
中憯惻之悽愴兮[12]，長太息而增欷[13]。
年洋洋以日往兮[14]，老嵺廓而無處[15]。
事亹亹而覬進兮[16]，蹇淹留而躊躇[17]。

【注釋】

1. 靚（jìng）：通"靜"。杪秋：秋末。杪（miǎo）：樹梢。遙夜：長夜。
2. 繚悷（liáo lì）：纏繞糾結。
3. 春秋：年歲。逴逴（chuò）：遠逝的樣子。日高：年紀一天比一天大。
4. 四時：四季。遞來：相接而來。卒歲：過完一年。
5. 陰陽：光陰變化。儷偕：伴隨。
6. 晼（wǎn）：日將落。
7. 銷鑠：銷毀，這裡是虧缺的意思。減毀：月缺。
8. 遒：迫近。
9. 弛：鬆懈。
10. 搖悅：心動喜悅。日幸：天天希望。
11. 怊（chāo）悵：悵恨。冀：希望。

錄自清代門應兆《補繪離騷圖》

12. 中：內心。憯惻（cǎn cè）：悲傷。悽愴：哀痛。

13. 欷：悲泣聲。

14. 年：時光。洋洋：眾多的樣子。

15. 嵺（liáo）廓：空闊。

16. 亹亹（wěi）：行進的樣子。覬：圖謀。

17. 淹留：滯留。躊躇：猶豫，徘徊。

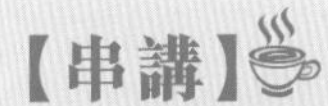

【串講】

第七節大意如下：

寂靜的暮秋長夜啊，心中繚繞鬱結着悲哀。春秋漸行漸遠啊年歲一天天增高，滿懷惆悵啊自歎自悲。四季更疊一年將盡啊，陰陽變化不能與它偕行。白日偏西將要下落啊，明月蝕損漸漸虧缺。年歲匆匆逼至盡頭啊，老境漸漸到來心情更加鬆懈。心意搖曳天天懷着希望啊，卻總是失意惆悵希望落空。心中悲傷淒悽愴愴啊，長聲歎息又添悲泣。年歲浩浩盪盪一天天逝去啊，老境空曠無處棲身。萬事勤勤勉勉盼望進步啊，卻不料滯留於此躊躇難行。

【點評】

這是一個暮秋的寂靜長夜，詩人的心思從現實的得失，又一次進入到對時間與生命的體味。屈原作品中一再出現的光陰流逝、生命匆促的感覺，在這裡又一次得到集中的表現，但這裡對於老境的那一種描寫感歎，比屈原作品中更多一些悲涼氣息。屈原只說"老冉冉其將至兮"，這裡卻說"老冉冉而愈弛"，"老"在屈原作品中，激蕩起的是一種奮發有為的意氣，在這裡卻只是"老嵺廓而無處"的歎老嗟卑。即此一點，也可見出屈宋精神之異。但這卻並不意味着誰高誰低，作為一種美學境界，宋玉的表現自有其不可替代的藝術魅力。

何氾濫之浮雲兮[1]，猋廱蔽此明月[2]。

忠昭昭而願見兮[3]，然露曀而莫達[4]。

願皓日之顯行兮[5]，雲濛濛而蔽之。

竊不自料而願忠兮[6]，或黕點而汙之[7]。

堯舜之抗行兮[8]，瞭冥冥而薄天[9]。

何險巇之嫉妒兮[10]，被以不慈之偽名[11]。

彼日月之照明兮，尚黯黮而有瑕[12]。

何況一國之事兮，亦多端而膠加[13]。

被荷裯之晏晏兮[14]，然潢洋而不可帶[15]。

既驕美而伐武兮[16]，負左右之耿介[17]。

憎慍惀之脩美兮[18]，好夫人之慷慨。

眾踥蹀而日進兮[19]，美超遠而逾邁[20]。

農夫輟耕而容與兮[21]，恐田野之蕪穢[22]。

事綿綿而多私兮[23]，竊悼後之危敗[24]。

世雷同而炫曜兮[25]，何毀譽之昧昧[26]！

今脩飾而窺鏡兮[27]，後尚可以竄藏[28]。

願寄言夫流星兮，羌儵忽而難當[29]。

卒廱蔽此浮雲兮[30]，下暗漠而無光[31]。

【注釋】

1. 汜濫：本指水流橫溢，這裡用來形容浮雲的奔騰翻捲。
2. 猋（biāo）：迅疾的樣子。壅蔽：遮蔽。
3. 昭昭：明亮。見：顯現、出現。
4. 霒（yīn）：雲蔽日。曀（yì）：陰暗。
5. 皓：光明。顯：顯耀。
6. 不自料：不自量。
7. 黕（dǎn）：污垢。點：玷污。汙：同“污”。
8. 抗行：高尚的行為。
9. 瞭：眼光明亮。冥冥：高遠的樣子。薄：迫近。
10. 險巇（xī）：險惡，這裡指險惡之人。
11. 被：加上。不慈：不慈愛。偽名：捏造的罪名。
12. 尚：尚且。黯黮（àn dàn）：昏暗。瑕：玉上的斑點，缺點。
13. 多端：頭緒紛繁。膠加：糾纏不清。
14. 被：披，穿。荷裯：荷葉做的短衣。裯（dāo）：短衣。晏晏：色澤鮮明的樣子。
15. 潢洋：寬大、鬆散。帶：繫衣帶。
16. 驕美：自驕，自美。伐：誇耀。武：武勇、英武。
17. 負：辜負。左右：侍從之人。耿介：正直。
18. 憎：憎惡。慍惀：忠誠的樣子。
19. 踥蹀（qiè dié）：小步行走的樣子。
20. 美：修美之人。超：遠。
21. 輟：停。容與：悠閒的樣子。
22. 蕪穢：荒蕪。
23. 綿綿：連續不斷的樣子。
24. 悼：恐懼。
25. 雷同：人云亦云。炫曜：誇耀。
26. 毀：詆毀。譽：稱讚。昧昧：昏暗不明。
27. 脩飾：修飾容貌。窺鏡：照鏡子。
28. 竄藏：隱藏。

29. 儵忽：迅疾的樣子。當：遇。

30. 卒：終於。靨蔽：遮蔽。

31. 暗漠：昏黑暗淡。

【串講】

第八節大意如下：

為何泛濫的浮雲啊，突然遮蔽了這一輪明月？忠心昭昭願能一現啊，卻有陰雲遮蔽不能如意。願明亮的太陽在天空顯耀運行啊，烏雲濛濛遮住了它的光輝。私意不自量力願效忠於君啊，卻有人拿污垢來玷辱他的清節。唐堯虞舜的高尚行為啊，光明高遠直逼天穹。為何險惡之徒頓生嫉妒啊，給他們加上了不慈的偽名。那日月的高懸朗照啊，尚且有烏雲給它們蒙上黑暗和瑕疵。何況一國的事務啊，更加頭緒繁多糾葛不清。

披上荷葉做的短衫鮮明好看啊，卻寬寬蕩蕩繫不上帶子。既驕縱自美炫耀武勇啊，辜負了左右臣子的正直忠心。憎惡忠憤之士的美好道德啊，好聽讒佞之人的慷慨高談。眾人奔走競進一天天晉升啊，修美之人受到疏遠更加遠離。農夫停耕而閒散啊，恐怕田野要荒蕪。國事連連多私弊啊，我暗自恐懼日後要危敗。世道人云亦云好炫耀啊，為何詆毀讚譽如此不分明。如今若窺鏡自照修飾容貌，將來尚可躲過危難求得藏身之地。我願寄言給天上的流星，倏忽間它就飛過再也難遇。終於被這些浮雲遮蔽啊，天下昏暗而無光輝。

【點評】

仍然是這個秋天的夜晚，不寐的詩人眼望着天空的星月，思想仍離不開政治生活中那些令他焦慮的事情。一大片浮雲忽然遮住明月，讓他聯想起自己的忠心之不得上達，聯想起曾經遭受過的那些誣衊和詆毀，聯想起堯、舜因受人嫉妒而蒙受的惡名。由此又想到國事的紛繁和複雜，想到楚國朝廷上

下的情勢，楚王的虛榮、驕縱、是非不明，讒佞之人的踥蹀日進，賢能之士的遠離……“事綿綿而多私兮，竊悼後之危敗”，緊迫的危機感甚至促使他想到“危敗”後的出路問題：“今脩飾而窺鏡兮，後尚可以竄藏”，這樣的悲觀低調，難免讓人想起楚國屢挫於秦師的那一段艱難歷史，如果沒有這樣的背景，難以想像會説出這樣的話。無可奈何中，詩人只能眼望着天空，幻想着能借流星寄寓自己的願望，然而流星也是一閃而逝，消失在浮雲遮蔽的地方。

堯舜皆有所舉任兮[1]，故高枕而自適[2]。

諒無怨於天下兮[3]，心焉取此怵惕[4]。

乘騏驥之瀏瀏兮[5]，馭安用夫強策[6]。

諒城郭之不足恃兮[7]，雖重介之何益[8]。

邅翼翼而無終兮[9]，忳惛惛而愁約[10]。

生天地之若過兮[11]，功不成而無效[12]。

願沉滯而不見兮[13]，尚欲佈名乎天下[14]。

然潢洋而不遇兮[15]，直怐愗而自苦[16]。

莽洋洋而無極兮[17]，忽翱翔之焉薄[18]？

國有驥而不知乘兮[19]，焉皇皇而更索[20]？

甯戚謳於車下兮[21]，桓公聞而知之。

無伯樂之相善兮[22]，今誰使乎譽之[23]？

罔流涕以聊慮兮[24]，惟着意而得之[25]。

紛忳忳之願忠兮[26]，妒被離而鄣之[27]。

願賜不肖之軀而別離兮[28]，放遊志乎雲中[29]。

乘精氣之摶摶兮[30]，騖諸神之湛湛[31]。

驂白霓之習習兮[32]，歷群靈之豐豐[33]。

左朱雀之茇茇兮[34]，右蒼龍之躍躍[35]。

屬雷師之闐闐兮[36]，通飛廉之衙衙[37]。

前輕輬之鏘鏘兮[38]，後輜乘之從從[39]。

載雲旗之委蛇兮[40]，扈屯騎之容容[41]。

計專專之不可化兮[42]，願遂推而為臧[43]。

賴皇天之厚德兮，還及君之無恙[44]。

【注釋】

1. 舉任：選拔任用。
2. 高枕：高枕無憂。適：安適。
3. 諒：確實。
4. 焉：何。怵惕（chù tì）：驚恐。
5. 瀏瀏：輕快的樣子。
6. 馭：駕馭。安：何。策：馬鞭子。
7. 城郭：城池。郭：外城。恃：憑靠。
8. 重介：層層鎧甲。介：鎧甲。
9. 邅（zhān）：曲折不前。翼翼：小心的樣子。無終：沒有結果。
10. 忳（tún）：憂愁。惛惛：鬱悶的樣子。愁約：愁苦纏結。
11. 若過：如過客。
12. 效：成效。
13. 沉滯：隱退。
14. 佈名：揚名。
15. 潢洋：浩蕩無所着落。
16. 直：只是。怐愗(kòu mào)：愚昧。

錄自清代門應兆《補繪離騷圖》

17. 莽洋洋：廣大無邊的樣子。
18. 焉薄：去哪裡。薄：到，止。
19. 驥：駿馬。
20. 焉：何。皇皇：六神無主的樣子。索：求。
21. 甯戚：春秋衛人，曾經商於齊，齊桓公聽見他邊餵牛邊唱歌，發現了他的才能，重用他為卿。謳：唱歌。
22. 伯樂：春秋時人，古代最著名的相馬人。
23. 譽：稱讚。
24. 罔：通“惘”，悵惘。聊：姑且。慮：考慮。

25. 着意：用心。
26. 紛：眾多的樣子。忳忳：專一的樣子。
27. 妒：妒忌。被離：通“披離”，紛亂的樣子。鄣：同“障”，阻礙。
28. 不肖之軀：自謙的稱呼。
29. 放：放任。遊志乎雲中：到雲天之中遊玩遣情。
30. 精氣：天地間的陰陽之氣。摶摶（tuán）：聚結成團的樣子。
31. 騖（wù）：追求。湛湛（zhàn）：深厚的樣子。
32. 驂：車轅兩邊的馬，這裡作動詞，駕。霓：虹。習習：飛動的樣子。
33. 歷：經過。靈：神靈。豐豐：眾多的樣子。
34. 朱雀：星宿名，二十八宿中的南方七宿。茷茷（pèi）：飛動的樣子。
35. 蒼龍：星宿名，二十八宿中的東方七宿。躣躣（qú）：行動的樣子。
36. 屬：跟隨。雷師：雷神。闐闐（tián）：雷聲。
37. 通：在前開路。飛廉：風神。衙衙（yú）：行走的樣子。
38. 輕輬（liáng）：輕便的臥車。鏘鏘：車鈴聲。
39. 輜乘（zī shèng）：輜重車。從從：跟隨的樣子。
40. 雲旗：以雲為旗。委蛇（wēi yí）：迎風飄揚的樣子。
41. 扈：跟從護衛。屯騎：成群的車騎。容容：盛大的樣子。
42. 計：心意。專專：專一。化：改變。
43. 遂：終於。推：推廣。臧（zāng）：好。
44. 無恙：無災無病。

【串講】

第九節大意如下：

堯舜都有所選拔任用啊，故能高枕無憂自在安樂。確實沒有招怨於天下啊，心中為何還要這樣戒懼警惕？乘上駿馬漫步輕捷啊，駕馭它何須強硬的鞭子？城郭的堅固確然並不可靠啊，雖有層層鎧甲又有何益？曲折前行小心翼翼而沒有結果啊，憂傷鬱悶愁思纏結。人生天地間就像一個過客啊，功業不就努力也沒有成效。我願隱退從此不見啊，卻仍然想傳佈聲名於天下。可是浩浩茫茫一無所遇啊，徒然愚昧而自找苦吃。莽莽蒼蒼荒野沒有邊際啊，忽然想高飛遠翔又能去何方？國有騏驥而不知騎乘啊，又惶惶然另找什麼？甯戚在車下唱着歌，齊桓公聽見就知道他不是常人。沒有伯樂那樣善於相馬的人啊，如今誰能使千里馬得着稱譽？悵惘流淚暫且思量啊，只有着意求賢的人才能得到賢者。有那麼多誠心盼望效忠的人啊，都被嫉妒者紛紛擾擾擋住了遇君的路。

希望賜還我不肖之軀而離別啊，放任心志浪遊於雲中，乘着團團凝聚的精氣自由盤旋啊，追求諸神境界的深厚幽遠。駕起習習飛動的白虹啊，經過眾多神靈的身邊。左邊是翩翩飛翔的朱雀啊，右邊是蜿蜒躍動的蒼龍。囑咐雷師敲響隆隆的鼓聲啊，讓飛廉嗖嗖在前開道。前面有輕便的臥車鈴聲鏘鏘啊，後面有載重的行李車跟隨。車頭雲旗迎風翻捲啊，車後護衛的車騎成群。心志專一不可改變啊，願推此而能有所作為。憑靠皇天的厚德啊，還能讓君王安然無恙。

【點評】

《九辯》的最後部分，思路又回到了現實政治中的用人問題，屈原作品中反復出現的“不遇”主題，也出現在了這裡。仍然是歷史與現實的對比，仍然是志士不得任用的怨憤，但比屈原的作品，似乎更多出了一些現實的教訓，“諒城郭之不足恃兮，雖重介之何益。”這樣的話語，和前面說到的“今修飾而窺鏡兮，後尚可以竄藏”一樣，或許正透露出了楚國幾度兵敗的現實境遇。“願賜不肖之軀而別離兮”以下一節，雖然看上去很像是《離騷》中有關神遊文字的翻版，但已沒有了那一種雄渾的氣度，“賴皇天之厚德兮，還及君之無恙”，也沒有“僕夫悲余馬懷兮，蜷局顧而不行”的劇烈痛苦，而更多了一種《九辯》中所特有的淒惻悲涼。宋玉時代和宋玉的身份，都決定了他不可能簡單地重複屈原，而必將開拓出屬於他自己的思想和美學境界。

【招隱士】

招隱士

淮南小山

桂樹叢生兮山之幽[1]，偃蹇連蜷兮枝相繚[2]。

山氣巃嵸兮石嵯峨[3]，溪谷嶄岩兮水曾波[4]。

猿狖群嘯兮虎豹嗥[5]，攀援桂枝兮聊淹留[6]。

王孫遊兮不歸[7]，春草生兮萋萋[8]。

歲暮兮不自聊[9]，蟪蛄鳴兮啾啾[10]。

坱兮軋[11]，山曲岪[12]，

心淹留兮恫慌忽[13]。

罔兮沕[14]，憭兮栗[15]，

虎豹穴[16]。

叢薄深林兮人上栗[17]。

嶔岑碕礒兮碅磳磈硊[18]，樹輪相糾兮林木茷骫[19]。

青莎雜樹兮薠草靃靡[20]，白鹿麏麚兮或騰或倚[21]。

狀貌崟崟兮峨峨[22]，凄凄兮漇漇[23]。

獼猴兮熊羆，慕類兮以悲[24]。

攀援桂枝兮聊淹留。

虎豹鬥兮熊羆咆，禽獸駭兮亡其曹[25]。

王孫兮歸來，山中兮不可以久留。

【注釋】

1. 山之幽：山間幽深處。
2. 偃蹇（yǎn jiǎn）：彎曲的樣子。連蜷（quán）：與“偃蹇”同義。繚：糾結纏繞。
3. 巃嵸（lóng sǒng）：雲霧瀰漫的樣子。嵯峨：高峻的樣子。
4. 嶄岩：險峻的樣子。嶄（chán）：通“巉”。曾：通“層”。
5. 狖（yòu）：長尾猿。
6. 淹留：滯留，停留。
7. 王孫：泛指貴族子弟。
8. 萋萋：草木茂盛的樣子。
9. 歲暮：一年終了。不自聊：精神空虛，無所寄託。
10. 蟪蛄（huì gū）：蟬的一種，夏秋間鳴叫。
11. 坱軋（yǎng yà）：通“坱圠”，高低不平的樣子。
12. 曲茀（fú）：曲折的樣子。
13. 恫：恐懼。慌忽：通“恍惚”，心神不定。
14. 罔：通“惘”，迷惘。沕（mì）潛藏的樣子。罔沕：指情緒低沉。
15. 憭栗：恐懼的樣子。一說淒涼。
16. 穴：穴居。
17. 叢薄：草木叢。栗：戰慄。
18. 嶔（qīn）岑：通“嶔崟（yín）”，山勢險峻。碕礒（qí yǐ）：山石不平的樣子。硱磳（jūn zēng）：高聳的樣子。磈硊（kuǐ wěi）：山石險怪的樣子。
19. 樹輪相糾：樹枝盤曲相互纏繞。茷（bá）：枝葉茂密的樣子。骩（wěi）：枝條屈曲的樣子。
20. 莎（suō）：莎草。薠（fán）：草名，形狀像莎草而大。靃（suǐ）靡：草木隨風搖擺的樣子。

21. 麏(jūn)：獐子。麚（jiā）：雄鹿。騰：跳躍。倚：站立。

22. 崟崟（yīn）、峨峨：都是高聳的樣子。

23. 淒淒、漇漇（xǐ）：濕潤的樣子。

24. 羆（pí）：馬熊。慕：思。類：同類。

25. 駭：驚懼。亡：失。其曹：同類。

【串講】

西漢初年，淮南王劉安喜好辭賦，他的門下招羅了不少的賓客。這些人的著作被編集起來的時候，有的標為"大山"，有的標為"小山"。具體寫了《招隱士》的人是誰，現在已無法確知。他為什麼要寫這樣一篇作品，後人也有不同的推斷。有説是招屈原的，有説是勸諫劉安的，因為劉安常去長安朝見皇帝，他的賓客們擔心他的安危，所以寫了這篇作品提醒他留心朝中的險惡。但這些説法都無從從作品本文看出，因而我們寧肯將它理解為一般性地招喚山中的隱士。全篇大意如下：

桂樹叢生啊山谷幽深處，彎彎曲曲啊枝柯纏繞。山間的雲霧四起啊巨石高聳，溪谷險峻啊水波層層。猿猴群嘯啊虎豹吼，手牽着桂樹的枝條啊暫且居留。王孫出遊啊至今未歸，春草萌生啊萋萋茂盛。一年將盡啊情無所寄，蟪蛄鳴叫啊啾啾不停。

山路崎嶇啊，曲折難行，心要留在這裡啊恐懼恍惚。迷惘啊消沉，恐懼啊戰慄，虎豹穴居，草木叢生的深林啊人走到這兒止不住戰慄。山勢險峻亂石高低啊怪異崢嶸，大樹盤結纏繞啊枝柯稠密交接。青青的莎草叢生樹間啊，蘋草隨風搖擺。白鹿獐子啊，有的跳躍，有的站立。山勢到處巍巍峨峨，林木淒淒啊草坡潮濕。獼猴啊熊羆，思慕着同類啊悲聲呼引。

手牽着桂枝啊暫且居留，虎豹相鬥啊熊羆怒吼，禽獸驚懼啊逃散離群。王孫啊歸來，山中啊不可以久留。

【點評】

漢代初年，戰亂漸平，社會趨於安定，統治者開始有意識地從民間網羅人才。一些曾經隱居的人，受招請陸續回到了朝中，所謂“商山四皓”就是著名的一例。《招隱士》的出現，無疑與這樣一種時代背景有關。

因為意在招喚山中人的歸來，作品着力渲染的，就是山林的幽深險惡。這首詩在描寫山間景物、渲染恐懼氣氛上很有表現力。這樣一種對於山林的描寫，既帶有明顯的主體意向，又透露出當時人與自然關係上的一種現實狀況，具有很高的審美價值。“王孫兮歸來，山中兮不可以久留”，這一聲深沉的招喚，聲音直穿透千年的時空，唐詩人王維在《山居秋暝》的結尾說：“隨意春芳歇，王孫自可留”，就似乎在直接回應着淮南小山的這聲呼喚。對比後者“明月松間照，清泉石上流”的山中景物描寫，和這裡的“虎豹鬥兮熊羆咆，禽獸駭兮亡其曹”，是一件饒有意味的事。儘管主體意向的不同是造成它們差異的一個重要原因，但我們從漢代的粗獷到後世的溫潤，還是能分明地感受出，隨着農耕文明的發展，人與自然的關係發生了怎樣的改變。不過此篇用語艱澀，已趨向漢賦捧着字典措詞的套數，這也意味着楚辭文體已到了尾聲。